쏠 테면 쏘아 봐라

쏠 테면 쏘아 봐라

초판 1쇄 발행 | 2023년 11월 22일

지은이 | 양기창
펴낸이 | 황규관

펴낸곳 | (주)삶창
출판등록 | 2010년 11월 30일 제2010-000168호
주소 | 04149 서울시 마포구 대흥로 84-6, 302호
전화 | 02-848-3097
팩스 | 02-848-3094

ISBN 978-89-6655-170-5 03810

* 책값은 뒤표지에 표시되어 있습니다.

쏠 테면 쏘아 봐라

양기창 시집

삶창

시인의 말

2023년 3월 27일부터 국가보안법 위반 혐의로 수원구치소에 구속 수감된 지 8월 3일로 130일째 되었다, 독방생활을 하고 있는데 오전 9시 30분부터 오후 9시까지 TV 시청을 할 수 있다. TV 시청은 주로 뉴스를 보고 나머지 시간은 책을 읽는다. 지난주였던가, 뉴스에 캐나다 산불에 이어 지중해의 아름다운 섬, 그리스 요새 도시 로도스의 산불이 보도되었다. 한반도에는 장마에 폭우에 홍수와 산사태로 피해를 입고 있을 때 지구 반대편에는 폭염과 산불에 아우성이었다.

"여기가 로도스다, 여기서 뛰어라."

『이솝 우화』에 로도스와 관련된 말이 나온다. 고대 그리스에서 한 허풍쟁이가 로도스섬에서 올림픽 선수처럼 잘 뛰었다고 허풍을 떨자, 이를 듣고 있던 사람이 "그렇다면 여기를 로도스 섬으로 생각하고 뛰어보라"고 했다고 한다. 꼭 로도스섬이어야만 잘 뛸 수 있는 것이 아니란 점을 꼬집은 것이다. 이 말은 헤겔이 『법철학』 서문에서 인용하고, 마르크스도 애용한 문구로 알려지면서 유명해졌다.

나는 독방에서 로도스의 산불을 접하면서 지구의 기후

위기와 '여기가 국가보안법 철폐를 위해 뛰어야 할 로도스다'를 생각하게 되었다.

차례

1 부

독방 회상

눈 내리는 풍경

눈 내리는 풍경을 하염없이 바라보고 있었다
건너편 산 검푸른 나무들 사이
하얀 눈이 쌓여가고 있었다
정원 잔디 위에도 쌓이고
텃밭에 미처 뽑지 못한 고춧대에도 쌓이고
아예 흰 눈에 묻힌 봄동은 흔적조차 묻히고
그렇게 눈이 내리고 있었다

소나무 솔잎 위에 눈이 쌓이고
그 무게를 이겨내지 못하고
결국 소나무 가지 부러지고
그래도 하염없이 눈이 내린다
눈 속에서도 절개를 잃지 않고
그 푸르름을 간직하고 가르침을 주는 소나무 산이 있고
나의 정원에도 그 푸르름을 함께하는
또 다른 생명들이 있었으니

사철나무가 흰 왕관을 쓴 타조 모양을 하고 비상을

꿈꾸고 있었다

미처 자라지 못한 향나무가 눈을 맞으며 용트림을 하고 있었다, 힘겨워 보였다

호랑가시나무 발톱이 하나하나 깎여가고 있었다

동백나무가 꽃망울을 머금고 푸르른 잎 속에 붉은 속살을 감추려는 듯 그 사이로 눈이 내리고 있었다

나도 지조 있는 몸이요, 댓잎을 투과하지 못하고 쌓이는 눈의 무게를 이겨내지 못하더니 결국 대나무 몸통이 부러져버리고

홍가시나무는 닭벼슬만 없어지고 있었다

사시장철 변함없는 푸르른 잎을 가진 나무들의 향연
그 푸르름 위로 눈이 내리지만
지조로 이겨내고
절개로 이겨내고
타협하지 않는 신념으로, 그 가치로 그려지는
눈이 내리는 풍경이다
대설주의보가 무색하게도

참기름

참기름이 있네
법무부 자비 물품 신청서 식품란
3,970원짜리에 눈이 번쩍 뜨여
재빠르게 작성하는 신청서
거기에 비친,
보도 사도 못 한 내 얼굴
홍조를 띄우는 것이었네 마른버짐으로
양쪽 볼과 턱 주변 두드러기로
양쪽 입술 피부 갈라짐으로
민간인 신분일 때의 그 술독이 빠진 것인가
해마다 겨울에서 봄 되려 할 사이
어김없이 찾아오는 쥐, 그 쥐에
입술 쥐었으니
일단 발라보자 참기름!
차도가 있나 몰라
한 시간도 안 되어 한 번 더 찍어 발라
그렇게 몇 번 더, 고소하다 했더니
헉, 아침 거울에 비친

더욱 보도 사도 못 해버린 내 얼굴

퉁퉁 부어올라

구치소 의사에게 종합피부병 농가진 진단을 받고

10일이나 넘게 복용한 항생제,

참기름 발랐다는 사실은

끝까지 말하지 않았네 불신이 자초한

보도 사도 못 한 내 얼굴

백풍암(白風庵)

감옥에서의 통방은 예전과 달랐다
펜과 종이를 달라고 투쟁했던 시절보다는,
마음 맞고 서로를 북돋아 주는 이 있어
시 한 편 써서 몰래 보냈더니
박노해 시인이 독방에 붙여놓고
감옥 생활의 고독함을 이겨냈다고
6번 방 향적(香積) 선생이 답신을 보내왔다

―목렬(木烈) 선생님
―사은암(思恩庵), 생각을 은혜롭게 하는 암자라는 뜻이 참 좋지 않습니까?

지금 여기, 나의 독방을 무슨 암자로 만들까
백석 시인의 「흰 바람벽이 있어」가 떠올라
나의 독방에도 흰 바람벽 있어
한시를 짓고 암자명(庵子名)을 추출해본다

有白壁風庵(유백벽풍암)

回畫面戀憫(회화면연민)

水原獨房之(수원독방지)

今日心降雨(금일심강우)

여기 흰 바람벽 있어 암자에 바람 불어오니

사모했던 것들과 불쌍히 여겼던 것들이 화면으로 되돌아오고

수원구치소 독방에

비가 내리네, 오늘 내 마음속으로

출정

숨 가쁘게 퇴각하는 새벽
타고 온 호송차 배웅할 새도 없이
꿈결이라도 좋아
증심사 대웅전 부처님과
짧은 작별 인사라도 해야 싶어
당산나무 끼고 돌아 뜀박질로 내달린다
삭발한 탁발승 생각에 웃음 나와도
중머리재 일출은 언제봐도 장관이다
어디에서부터 날아왔을까, 저 기러기 떼
태양의 흑점에서 부화된 게 분명하다
쫓기는 자
무등에 올라 아직도 꿈결인가 살펴보니
태양은 시나브로 중천에 떠올라
언제 다시 올 것인가, 그려보는 한숨 소리
장불재 넘어 규봉암으로 스며든다
끝까지 구속하려는 자들과 싸워
흘린 피 묽어져 꼭두서니 빛 노을로 지기 전에
늦지 말고 오라고 손짓하는 백마 능선

뒤로 하고

퇴각하는 이 오월에 나는

무등 넘어 지리산으로 출정이다

화전(花煎) 놀이

연연(娟娟)해진 수양산
산뜻하고 고운 진달래꽃 눈짓하여 부른다

연연(涓涓)해져버리기 전에 어여 오라고
그 꽃잎 다 떨어져 잔잔하니 약해져버리기 전에

그대여 언제까지 연연(軟娟)해 할 것인가
가냘프고 연약해 할 것인지, 머뭇거리지 말자

그래, 미련이 남아 잊지 못하더라
미각이 살아 연연(戀戀)하더니

화전 하나, 아름다울 연(娟)
화전 둘, 작은 흐름 연(涓)
화전 셋, 약할 연(軟)
화전 넷, 사모할 연(戀)

솜이불 덮으며

국민학교 6학년 때 똑똑히 들었던 그 단어
“불순분자, 그따위가”
지금은 내가 몰려 구속되어 있다, 그따위 것들에게
도청 뒤 학동시장에서 부식 가게를 하시던 부모님과
우리 식구들은 시장 옆 길 씨 아저씨네 집이
큰아버지 집인 양 거기서 살다시피 했었다
고향이 함경도 어디라던 실향민 길 씨 아저씨네
형들과 누나와 친구, 그렇게 넷
나주 덕음광산에서 사고로 왼쪽 다리를 잃더니만
진폐로 콜록이기까지 하는 아버지를 보듬은
어머니의 김치맛에 반해버린 실향민 식구들 옆에서
나와 동생들, 이렇게 넷
어른을 빼고 팔 형제가 되어서 오순도순
어른들 일하러 나가고 형과 누나도 일하러 나가고
우리들도 학교 갔다 오고 저녁에 모여서 알콩달콩
1980년 광주 생활이 아득히 다가오는
여기는 수원구치소, 오월의 밤이다
학교도 못 가게 된 것이

계엄 때문이었음을 그때는 몰랐었는데

학교 안 갔던 즐거움이 마냥 좋았던 것만은 아니었다

큰형 길태선, 택시 운전하던 형이

몇 날 며칠 들어오지 않는 것이었다

길 씨 아저씨와 아주머니, 상무대 체육관 바닥에

태극기에 덮인 아들을 두고 통곡하고 오열하고

그날 저녁 우리들은 부모님이 덮어주시는

오월의 솜이불 속에서 벌벌 떨며 뜬눈으로 밤을 지새워야 했다

도청으로 총탄이 발사되어도

도청 뒤 우리 집까지 날아들어도

솜이불에 돌돌 말려서 괜찮을 거라며

"우리가 불순분자냐?!"

총알이 뚫고 가지 못할 거라며 솜이불을 덮어주시던 어머니,

길 씨네 아주머니 생각에 가슴 미어지는 밤이었을 것이다

그런 내가 커서 40년이나 내가 훌쩍 뛰어넘어

국가보안법 위반으로 구속되어
춥다고, 오월에 비 좀 내렸다고
춥다고, 불순분자 그따위가 되어
춥다고, 법무부 마크가 찍힌 모포 뒤집어쓰고서는
사골 국물 같은 진한 옛 생각에 젖어
길 씨 아저씨네 태선이 형을 생각하고 있다
이 오월에……

금강경

닭이 세 번 우니 날이 밝아오네요

촛불 켜고 염주 알 돌리면서 나무아미타불
염불하시는 어머니
전쟁통
오빠들 뒷바라지하느라 문맹이였지만 맹문이는 아니었다고 하시더니
비구니로 출가한 큰딸 따라 시작했던 글공부

눈앞에 펼쳐지는 일들이 꿈만 같아
반야바라밀로 살아가고파 나주 공산 본가에 모셔놓고
절 드리며
금강반야바라밀경을 읊으신다

지혜의 완성이라 하셨습니까
지혜란 열린 마음 빈 마음으로 사는 거란다
이제는 암송만이 아닙니다

낭독입니다 나무아미타불
채워도 채워도 끝이 없는 거란다
마하반야바라밀다
마음을 쉬어라
있는 그대로의 삶을 보아라
아직도 귀에 쟁쟁하나이다

깨우침 위해서는 글을 읽을 줄 알아야 하겠지요
했더니, 향림사 노스님 입적하시며
깨우쳐 부처가 되려 한다면 금강경을 읽어라
심지어 글을 몰라 읽을 수 없다면 '마하반야바라밀다'라도 외워라
그러면 큰 지혜를 이루어 피안에 도달할 것이니라

그 유언 새겨듣듯 오늘도
금강경 읽으시면서 아침을 맞는다

비 내리는 풍경

아빠 시 한 편 보내요
수원구치소로 깃든 아들 녀석의 단어들이
5월 5일 어린이날 비가 되어 내린다

윤보영 시인의 「기다림」
'오늘은 네가 온다고 했잖아'
'지금도 걱정하며 기다리고 있는 나'

네가 기다리고 있는 집 뒷산에 비가 내린다
화순 적벽, 붉은 용 문신을 한
어른아이 품은 옹성산에 비는 내리는데

11번 방 독방에서는 연신 콜록거리며
공황장애 앓는 등짝에서는
십자가에 못 박힌 예수가 비를 맞고 있었다

누군가 그랬지, 사연 없는 꽃이 어디 있으며
사연 없는 나무와 바위가 어디 있었냐며

옹성산 속으로 비는 내리는데

여기 흰 바람벽이 있어* 여기 수원에도 내린다
내 눈 내 코 내 입 내 귀로, 나의 모든 감각기관으로
심지어는 심장에 남은 기억으로도 비가 내린다

비가 내린다, 용이 승천하는 적벽에
청태(靑苔)와 부처손을 품은 흰 바람벽에 투영되는
비가 내리는 풍경이다

* 백석의 시 제목

아버지와 자전거

평소 말씀이 거의 없으시고
얼굴 표정에는 감정이 드러나지 않아
근엄하다 못해 무서웠던 아버지
동네 사람들 친분에서는 남 못지않았는데
유독 어머니에게만 혹독했던 아버지
화가 불 화(火)가 되어
급하게 쏟아내는 화염방사기는
저리 가라 했던 아버지를 두고
어머니의 인내는 대단하셨다
나주 덕음광산에서 금을 캐던 아버지
내가 세 살 되던 해에 큰 사고가 났다
갱도로 내려가다 폭발 사고로
한 사람은 죽고
또 한 사람은 봉사가 되고
마지막 사람, 왼쪽 다리를 크게 다치신 아버지
무릎 밑으로 절단하여 의족을 끼고……
그러나 어머니는 아버지의 화를 다 받아들였을까

새벽이면 양동시장에서 학동시장까지
부식 가게에서 쓸려고 어머니가 사들인 배추 다발이며 소채들
짐발 자전거에 싣고 오셨던 아버지
광주천에 내리비친 달빛 방향 따라 페달을 밟았을 것이다, 오른쪽
페달로만 한쪽 힘을 쓸 수밖에 없는 현실에도
어머니나 아버지는 힘든 기색이 없었다
중학교에 들어가면서
짐발 자전거를 탈 수 있게 되었던
내가 아버지 대신해서 양동시장에 다녀오기도 했던 기억과
그 전의 기억,
1980년 5월의 기억

도청이 진압되면서 광주는 끝났다고 하던
동네 사람들의 쑥덕거림을 뒤로하고
너릿재 방향으로 자전거를 타고

냅다 내달리시는 우리 아버지

학동시장 양 사장네는 자전거가 두 대
짐발 자전거 한 대
아버지 전용 자전거 한 대
말끔히 차려입고 쌩하니 내달리는
아버지를 본체만체하시는 어머니
심장은 방망이질을 얼마나 하고 있었을까
어디로 가야 나주 공산 집으로 잘 갈 수 있을까
남평 쪽으로는 안 될 것이여
거긴 너무 터졌어, 지금도 난리라던데……
시민군들이 왔다 갔다 했던 너릿재 화순 쪽은
계엄군이 밀고 왔기 때문에
괜찮을지 몰라

5월 중순 이후면
나주 공산 집 못자리 때문에
해마다 시골집에서 살아야 했던 아버지
1980년 5월에도 무조건 가야 했다

의족을 신기 위해 무릎 밑 뾰족한 데로
양말 몇 겹 덧신으셨던 아버지는
모든 차가 끊겨버린 5월 어느 날
광주와 나주가 단절되어버린 계엄령을 뚫고
아버지는 자전거로 내달려
나주 공산 집으로 향해 가셨다
화순과 나주 들판을 내달렸을 것이다
아버지 전용 자전거 오른쪽 페달만으로
아마 지원동 지나 너릿재 터널을 넘어
곧바로 화순 능주로 가셨다가
나주 봉황을 지나
영산포로 접어들었을 것이다
가다 쉬다 그랬을 것이다
어머니가 도시락은 싸주셨을까
다음에 뵈면 물어봐야겠다
영산포 아래 왕곡 지나 공산 집까지
나주평야 논 몇 마지기 못자리 내기 위해
아버지는 자전거를 타고
계엄을 뚫어버렸다

수갑과 포승

은장도의 차가움은 가슴 품은
애설함이어서 견디어 냈을까
은색 차가움에 섬뜩 놀라
내가 무슨 죄를 지었는지도 몰라 하는
겁먹은 사슴 눈이 감긴다, 저절로
손목의 차가움과 가리개는 잠시
수갑과 함께 옥죄여 오는 포승
텔레비전 뉴스에서 봤던
예전의 하얀 밧줄이 아니다
수갑은 따르륵, 포승도 또르륵
간격을 줄여 조여오는 기괴한
금속음과 플라스틱 부딪히는 소리는
호송차에서 보이는 풍경과 함께
몸통도 돌아가버리는 구속
흘러내리는 안경도 올릴 수 없다
수갑 채워져 포승줄에 묶여
줄줄이 끌려가는 향연
달콤함은 어디 갔나, 비릿한

비참함을 다시 맛보지 않으려면
그 향연에 맞장구를 치지 말아야,
재판장에 서서 선서를 하면서도
전복의 꿈을 버리지 못한
철부지 혁명가가
수갑과 포승 갑갑했다고
혼자 한탄강을 건너고 있다

서정시가 어울리지 않는 시대*

희생양이 필요했던 성경 구절에는
분명 무사 안녕이었는데, 그래서
애꿎은 양들과 송아지가 희생되는 시대였는데
여기에서도 희생당하는 사람들이 필요했던바
양의 탈을 쓴 늑대가 만든 국가보안법은
그 희생양을 잡아오는 그물
그 희생 제물을 바치는 제단에는
한반도 허리 잘라 타공(打共)한 총탄들이 가득
1948년 국가보안법이 생겨 1년 만에 11만 명
분단이 고착되어야 정권이 유지될 수 있어
그 희생양이 필요했던 시대가
지금도 계속되고 있어
통곡의 강은 피를 먹고 흘러가며
죽어가던 민주주의를 부활시켜 놓았어도
국가보안법의 위용은 호랑이 눈썹 마냥 미동도 없다
희생양이 되어
수원구치소 독방에서
시를 긁적거려보지만

열리지 않는 재판과 마찬가지로 영 시원치 않아
국가보안법이 철폐되지 않고서는
시가, 시가 아닌 시대라고 울부짖으며
양, 애꿎은 생양(牲羊)이 되어버렸고
송아지, 애꿎은 생독(牲犢)이 되어버렸지만
동지들도 서정시가 어울리지 않는 시대라고 다독거리며
혁명 시인 브레히트를 소환하고 있었다

* 브레히트의 시 제목 '서정시를 쓰기 힘든 시대'를 변용했다.

다윗의 서신

다윗과 골리앗을 아시는지요, 예수가 태어나기 전이었지요, 다윗의 지혜에 감복한 20세기 말 한반도 남쪽 목회자가 아들을 성령의 길로 인도하려 하셨겠지요, 그래서 다윗으로 이름 지어 세상에 내놓으셨겠지요.

목회자와 그 아들,
교회에서—더 큰 교회일 수 있는 나라에서,
설교하며—교육과 연설을 하며,
신자의 신앙생활을 지도하는—노동자·민중의 삶 속에서 함께 세상을 바꾸는 투쟁을 하는

목회자 아들 다윗이 법무부 홈페이지로 전자서신을 보내왔네요, 날이 점점 더워지고 있다고, 벚꽃이 전국적으로 한 번에 피고 한 번에 지다 보니 기후변화를 실감한다고, 밖의 사람들은 이래저래 살려고 발버둥 치고 있다고, 안달복달할 나이도 아닌지라 진인사대천명의 자세로 살고 있다고,

다윗에게 염화미소를 답신으로 보내보네요. 다윗에게 21세기에 환생한 골리앗을 물리칠 지혜를 구해보라 하는 것은 무리일까요?

폭력의 독방

‘그러므로 전쟁과 혁명의 공통분모라고 일반적으로 믿어지는
폭력의 세기가 되었다.’
한나 아렌트, 『폭력의 세기』가
거대하다 못해 위대하기까지 했는데
21세기 나에게 가해진 폭력은 더 했다
바라기를 못 하게 철저히 차단하는 것
일주일에 한 번, 수요일 30분, 운동장에서 운동 시간
나는 오늘, 흐린 하늘을 폭력으로 규정하였다
해바라기를 못 하게 막는 폭력으로
더 나아가 밤마다
별바라기도 못 하게 해
달바라기도 못 하게 해
밤마다 국가 걱정하다가
국가가 가둬놓은 감옥에서
지난 세기 풍으로 퇴색한 폭력의
독방에서 쓰러져 눈물 흘려보낸다
바람벽에 난 구멍으로

은하수가 흐른다

달과 파도

밀당,

어설픈 연애사에만 나오는

단어가 아니었음을……

밀고 당기고

인간 연애사 밀당의 결론은 두 가지

가까워지거나 멀어지거나

가슴속에서 파도가 쳐

부서지거나 흩어지지 않거나

연민의 관계를 만들어가는 인간의 밀당은

지구와 달의 밀당과 함께

새로운 역사를 계속 욕구하고 있었다

밀고 당기고

달은 파도를 때리고

지구는 바위에서 해초에서 모래사장에서

핵폭발을 일으키고 있었다

모여서 합쳐지고

쌓여서 폭발하고

지구와 달의 밀당은

파도로 밀려와 사방 곳곳을 때리고 있었지만
인간 연애사로 뜨거워진 지구는
좀체 식지 않는다
지구와 달의 밀당이
연인의 밀당처럼
가까워지거나 멀어지기나 하면
그때나 식으려나
밀고 당기고를 연신 해서
달은 파도를 때리는데……

이명

왼쪽 귀는 카오스로 멀어져가고

오른쪽 귀는 코스모스로 멀어져 가고

청신경의 중간 지대는 존재하지 않는 것일까?

어쨌든 소리가 울리는 것을 느낀다

날이 갈수록 심하게

양방향으로 멀어져가는

혼돈, 원초적 상태와

우주, 질서와 조화를 지닌 세계를

모두 품어야

미치게 만들고 있는 귀울음이 그치려나

독방에서의 정신 상태는 진정되지 않았고

귀는 새의 입을 쫓아가며

비워내기를 멈추지 않았다, 그래도

눈을 감아보아

숨을 멈추어서라도

이명을 품어 안아보아

독방에서 어화(漁火)둥둥

괭이갈매기가 호랑이 소리를 내는 곳
아침 해와 함께 어화둥둥거린다
오징어가 헤엄치고 도화새우 뛰어놀고

꿈에서라도 꺼지지 않는 불빛, 어화가
독도 바다 위에 떠 있다, 어화둥둥 내 사랑
당장이라도 가고 싶다, 헤엄쳐서라도 어화둥둥

돌올하게

목놓아 외쳐본다
천지 가는 길 들꽃이 만개하여
영원이라도 빌어보며
조국의 길로만 가고 싶었던
바람은 꿈에서라도 이루어지지 않아
요원하게 멀어져가버렸던 산
오늘은 더욱 높이 솟아 우뚝하게
버티고 서 있는 까닭은 무엇입니까
백두산이 의연하게

동명이인
—독방 회상 1

동명이인이 뉴스데스크 탑에 오른다.

묻혀 있던 첫사랑의 추억이 발굴되어 온다.

'가능성을 남겨두는 것은 아픔이다.'

별에서 온 『어린 왕자』가 그려진 그림엽서 한 줄이 유물로, 기억 저편에서는 난파선이 닻을 내리고 있다.

오늘같이 철창 속에는 실비가 내리고 신촌블루스는 반 박자 스텝을 밟고 있다.

화상은, 추억은, 엽서는 가능성을 남겨둔 골절된 발가락이다.

고정핀을 꽂은 채 결이 다른 카타르시스로 타고 넘어가려 한다.

애써 들켜버리려 한다.

꽃동산

—독방 회상 2

딸아이로부터 세 번째 인터넷 서신을 받았다.

광주는 벚꽃이 흐드러지게 피고 어떤 곳은 떨어지는 곳도 있어, 오늘 날씨가 너무 좋았어, 미세먼지도 없어 가지고 완전 봄 날씨…… 엄마랑 아까 통화했는데 집에 아빠가 좋아하는 꽃 폈다던데 무슨 나무인지 까먹었다. 복사꽃인가? 우리 집에 복숭아나무 있어? 여하튼 우리 동네에도 꽃들이 다 폈대, 나도 아직 못 봤어……

전라남도 담양군 대덕면 운산리 송산, 우리 집은 이월 말부터 순차적으로 꽃이 핀다. 눈 속에서 제일 먼저 피는 복수초, 노오란 꽃이 복과 장수를 가져온단다. 탐스럽다. 홍매화, 청매화가 꽃망울을 터뜨린다. 이어서 개울가 축대 위 녹차 나무 밑에서는 수선화가 횡렬포복으로 피어나고 그 끝에서 목련 나무가 풍성하게 꽃을 피운다. 올해는 날씨가 영하로 떨어지지 않아서 하얗게 고운 자태가 훼손되지 않았을 것이다. 삼말사초, 뒷동산에는 복사꽃이 군락으로 피고 앞마당에는 피자두꽃과 물앵두꽃이 동시에 피어났을 것이다. 아마도 '아빠가 좋아하는 꽃'은 뒷동산 개복숭아꽃일 것이다. 송산마을은 고지대 산속, 강원도 날씨이다 보니 광주에서 벚꽃이 다 떨어져야 우리 벚꽃이 핀다. 집으로 진입하는 벚나무는 다리 입구에서 이십 년이 넘었을 것이고 주차장 벚나무는 삼십 년이 넘었을 것이다. 그 꽃잎 바람에 날려 술잔에 떨어지고, 많이도 마셨지. 지금쯤 활짝 피었겠지…… 순차적으로 꽃을 피우기는 하나 꽃잎이 마저 떨어지기 전에 앞다투어 피다보니 갖가지 꽃들을 한꺼번에 볼 수 있어 꽃대궐, 빼먹은 꽃도 있다. 진달래도 활짝 피었겠지…… 곧이어 사말오초, 철쭉과 영산홍도 붉은 기운으로 기염을 토하겠지……

가고 싶다,
보고 싶다,
가족들과 꽃 피우는 우리 집으로 달려가고 싶다.

녹차 나무

—독방 회상 3

두고 온 녹차 나무가 그리워진다.

차 싹을 따다가 햇살을 피하려 불어오는 바람을 등지고 모자챙을 누른다

집 지으면서 함께 심은 녹차 나무의 시간은 뿌리의 착근성(着近性)으로 마냥, 십 년 동안 쉬지 않고 뻗어 내려갔다.

봄이면 참새 혓바닥만큼 내어줄 때 작설차 만들고, 녹광 나는 잎으로 청태전을 빚고, 가을이면 보일 듯 말 듯 녹차 꽃으로 차를 만들어 풍류쟁이로 뛰어난 체하고자 했으나 결국 독방에서 상아탑의 파국을 맞이하고 말았다.

미련이 남아 녹차를 심고 차 싹을 따고 제다 삼매경에 빠져들더니 찻잔을 들어 눈을 감고 음미하는, 하얀 바람에 흔들리는 녹차 꽃과 벌 나비가 가얏고 음률에 따라 춤을 추는 생각에 젖어든다.

수인이 아니라 국보가 아니라 세상일을 등지고 그러려니 하고 싶다.

십 년 동안 돌보지 못한 녹차 나무의 시간을 보상해

주고 싶다.

동지들은 정신 나간 놈이다, 책임 회피다 하겠지만 지친 나를 보내준다면 녹차 나무를 가꾸고 싶다.

그런 생각을 하다가, 깜박 잠이 들었나 보다.

미친놈, 바랄 걸 바래야지, 녹차 나무가 뭐라고 정신 차리자!

(그래도 내보내준다면 찻잎부터 뜯겠다.)

삼투압

—독방 회상 4

독방, 강압적이었을 때는 그래도 뚫어버릴 수 있을 것 같았는데, 강제적이었을 때는 내려놓게 된다.

뜻하지 않는 금주로 술독이 거의 빠져나갈 즈음 울산 친구와의 삼투압 생각에 웃음을 참지 못한다.

수련회 목적보다는 담양 뒷풀이가 기대된다며, 태화강이나 담양이나 대나무는 있어도, 울산에는 대통주가 없다고 간장약을 잔뜩 먹고 나타난 친구 얼굴, 밤새 삼투되어 갈색 용액이 되어버렸다.

고두밥을 짓고 댓잎 순으로 차를 달여 누룩과 함께 댓잎술을 만들어 붓는다.

"통통통" 앞뒤 꽉 막힌 대통 가득한 술항아리에서 삼투압 작용이 일어난다.

스며든다.

담양에서 울산으로 통통통 뛰는 심장의 농도가 스며든다.

욕심이 많았던 것일까, 아니다, 아까워서 그랬을 것이다, 가르쳐주었지만 귀 기울이지 않았을 것이다.

울산으로 가져간 대통주 세 개, 모두 증발해버렸다

고 안타까워했다.

짜깍거리는 시계 초침과 함께 대통주 삼개월은 역삼투압 작용의 진수를 제대로 보여주었다.

스며든다.

담양에서 울산에서 기억하는 모든 동네에서 댓잎 스치는 바람의 나비효과로 블랙홀이 되어버린 감옥으로, 다색(茶色) 독방으로 대통주가 스며든다.

호박꽃 생각

—독방 회상 5

유월 말로 향하는 날씨는 한낮 폭염을 보도하는데, 세상과 차단된 이곳은 아직까지 선선하다.

텃밭에 심어놓은 호박꽃에는 벌들이 한창 화분(花粉)을 물어 나르고 있을 것이다.

수원구치소 식단표 목요일 점심 국거리는 호박새우젓국, 시기상 호박꽃과 벌들의 사랑이 이제 막 시작되었을 때이니, 아마도 하우스 호박으로 국거리를 만들었을 것이다.

여름이 시작된 것을 흉내 내는 멀건 호박새우젓국을 바라보며 나주 어머니 애호박찌개가 생각나는 것은 당한 자만 알고 있는 고문이자 맛본 자만 알고 있는 고통이다.

한여름 통통한 조선호박, 동그란 애호박 채 썰고 돼지고기 앞다리살과 작년에 경작한 빨간 고춧가루 듬뿍 국물로 녹여낸 애호박찌개 한 냄비, 먼저 가신 할머니 아버지와 겸상하는 고향 집 마루가 그리워진다.

오늘도 여지없이 들리는 이명은 고향집 마루 선풍기 소리와 함께 매미 소리 들리는 듯하다.

독방, 건너편 호박꽃 피었다.

영천시장
—독방 회상 6

취침등도 아니고 뭣도 아니고, 조도 침침한 밤 열시, 서대문형무소도 잠들고 영천시장 골목도 폐점하고, 오늘 방영된 여섯 시 내 고향 순댓국집만 새벽 손님 받을 채비를 하고 있을 것이다.

청와대 행사에도 초청 받았다는 순댓국, 밥집 건너 완도집 도다리쑥국은 내가 주로 찾아간 고향 의결(議決)로 노조 회의 뒷풀이 장소 1번지였다.

영화 촬영으로 유명세를 탄 꽈배기집도 있는 영천시장, 경상도 영천과 같은 이름일 뿐, 서대문 영천시장은 죄다 전라도 이름투성이다.

군산 반찬, 어렸을 적 부식 가게이었던 우리 집의 김치며 젓갈, 계절 따라 담는 반찬 맛이었다.

언제나 서울로 파견 나와 집밥이 그리울 때 매번 찾던 채소전이며 어물전이며 정육점을 여섯 시 내 고향 독방 TV로 시청하는 서대문형무소 옆 영천시장.

미더덕 젓갈

—독방 회상 7

아무래도 음식 하면 전라도라 하지만

마산시장 어물전에 가면 주눅이 들었다, 엄 부위원장 어머니의 미더덕 젓갈을 전수 받은 깻잎 머리 제수씨의 현란한 칼놀림으로

미더덕 다져 양념한 마산 바다를 먹고, 알쑥해진 취기와 함께 셋이서 친 맞고의 막판이란 바다가 바다를 따먹는 꼴이었다

난생처음 접하는 맛이었다

독방에서 그런 마산 바다를 떠올리다가 어느새 미더덕 껍질을 까고, 현란한 숙수의 칼놀림을 따라 하며 자문하여 본다

"지금 나가면 제일 먼저 무엇을 먹고 싶나요?"

"미더덕 젓갈 한 숟가락 떠서 쓱싹 밥에 얹어 먹고 싶습니다."

인터넷 검색해도 나오지 않는 엄 부 식구들만의 레시피, 미더덕 젓갈!

2
부

한결같이

혼자 술

서울살이 일 년 만에 혼자 술을 한다
누구든
부를 수 있었다
연락하고 싶었지만 그러지 않았다
혼자이고 싶었다
정동길 은행잎이 떨어질 때는 혼자이듯이, 아니
모르겠다
언제가 전체이고
언제가 혼자인지, 깊어지는 가을밤
시월의 마지막 밤 다음날
난 왜 혼자 쓸쓸한 것인지
예전 유럽파 시인이 읊조리기를
시몬, 너는 좋으냐? 낙엽 밟는 소리가…… 궁금하다
혼자 술 하는 가을밤
창밖으로 은행잎이 스산하게 떨어지고 있다
읊조리며 가을밤을 걸어야겠다
나의
창은 어디를 겨누고 있는지

나의
방패는 무엇을 막고 있는지
시몬, 너는 아느냐? 낙엽 밟는 소리를……

한남동에서

집착만 더해갔다
라일락 향기가 한강 변을 휘감아 돌 때
불법 파견 처벌과
원청 직접교섭 촉구를 요구하는
비정규직 노동자들의 집회 자리
골목에는
라일락꽃들이 이타적으로 향기를 뿜어내고 있었다
집착만 더해가며 드는 생각에 가슴이 저미어 왔다
춘래불사춘
봄이 왔지만 봄 같지 않구나
꽃은 피었지만 웃을 수가 없구나
정원수,
서울 정원수의 으뜸인 라일락 꽃향기 맡으며
봄을 만끽하고
꽃을 반가워하며
마음 편히 웃을 수 있는 날
언제일까?

한결같이

꽃무릇을 보고
영광 불갑산 오르다 꽃무릇을 보고
'한결같이'를 생각했다
잎은 꽃을 생각하고, 꽃은 잎을 생각하는 상사(相思)
잎과 꽃이 만나지 못해서
한결같이 품고 사는 애잔함이라 할까
몸통이 느끼는 어머니 같은 생각이라 할까
한결같이 내가 그리워하는 미륵 세상이라 할까
꽃무릇을 보고
한결같이 머릿속을 떠나지 않는

하루에 두 번 불렀다

철 늦은 장미가
가을비 젖어 붉은 눈물을 흘리던 날
〈임을 위한 행진곡〉을 두 번 불렀다
뚝뚝 비바람에 흩어지는 꽃잎을 바라보며 부르고 또 불렀다
하늘도 울고
공장 울타리도 붉은 눈물을 흘리던 정오에는
자동차공장 비정규직 해고자의 복직 쟁취 결의대회에 함께하면서
〈임을 위한 행진곡〉을 불렀다
—사랑도 명예도 이름도 남김없이
그날 저녁에는
대학병원 비정규직 노동자들이 기계실 점거한 파업투쟁에 함께하면서
〈임을 위한 행진곡〉을 부르며 눈물 훔쳤다
—한평생 싸우자던 뜨거운 맹세
팔뚝질하면서
흐르는 눈물을 훔치고 또 훔쳤다

병원 앞마당에
요기조기 모양새를 뽐내던 저 화초들보다도
더 못난 삶을 강요받는 노동자들의 투쟁이
승리로 끝나야 한다고 생각하면서 부르고 또 불렀다
눈물을 훔치고 또 훔쳤다
서러움의 눈물이 아니라 세상을 빨리 바꿔야 한다는 자책과
결의의 눈물이었다
정규직 비정규직이 함께하는 벅찬 감동의 눈물이었다
자본이 자유로운 나라
신자유주의 자본주의가 생기로운 나라
우리의 청년들이 전쟁터로 내몰리는 나라
우리가, 우리의 형제들이
비정규직이란 미명 하에
착취받고 억압받고 죽어가는 그래서 열사들의 유서가 같은 나라
나는 그날 하루에 두 번

〈임을 위한 행진곡〉을 부르면서
하루에 두 번 눈물을 훔치면서
팔뚝질하면서 생각했다 나는 그날 두 번
〈임을 위한 행진곡〉을 부르면서 맹세했다
—사랑도 명예도 이름도 남김없이
한평생 싸우자던 뜨거운 결의를 다지고 다졌다

처연(凄然) 교향곡

모든 환희는 영원을 갈구한다. 깊고, 깊은 영원을 갈구한다.
—니체, 『차라투스트라는 이렇게 말했다』

베네치아 서쪽 하늘에
백운산 옥룡사지 천년 동백꽃이 떨어졌습니다
해진 뒤 개밥바라기별이
기어이 그곳까지 가서
붉은빛의 나그네별로 떴습니다
그날 파르티잔 김선우(金善佑) 사령관
샛별을 보며 떠나가신 그대여
베네치아의 죽음보다 더 처연한
저 빛 속으로 녹아들어 가고파
동백꽃 사랑, 불타는 사랑을 하고 싶습니다
해진 뒤 베네치아 해변에
같은 시간 백운산 옥룡사지 하늘에
그래, 처연한 저 별빛과 함께
말러의 교향곡 제3번 제4악장
그래, 처연한 교향곡이 흐릅니다

평양, 개선문에서

난초에 핀 꽃 같으면서도 난꽃이 아니고
모란 같으면서도 모란꽃이 아닌
두 송이 꽃을 만났다 개선문에서
흰 동정에 옷고름 휘날리며
두 손으로 받드는 꽃을 만났다

차이를 전혀 느낄 수 없는데
차이를 먼저 인식하고 있었다
개선문에서만이 아니라 평양 시내 전반에서
흠모와 당혹감으로, 생색내지 않지만
자본주의 계산법을 놓지 않고 있었다

때론 동경의 대상이었다
마냥 관객으로 전락해버린 듯한
교차하는 복잡한 생각들
무거운 머리를 하고 따라갈 수는 없었다
결국, 꽃들이 나에게 말을 걸어왔다

남측 동무들에게 전해줘요

내가 김일성화(金日星花)라고요

내가 김정일화(金正一花)라고요

우리의 바람이 있다면

남과 북이 하나 되는 날

여기 개선문에서 우리와 함께 무궁화며 진달래며

온갖 꽃들이 한 무더기로 뿌려지기를 바래요

평가

활기가 넘쳐났다
오월가투*가 끝난 후 최루가스에 타는 목을
막걸리 한 사발로 씻어냈다

사회자도 없고
형식에 얽매인 틀도 없지만
나는 부르고 싶었다
이 자리를 이렇게 부르고 싶었다

노동자가 평가하는 자리라고
투쟁의 무용담 속에서
동지의 신뢰를 쌓고
승리의 확신이 가득 찬 눈빛으로
동지들에게 격려를 아끼지 않는 자리

"가버린 술잔을 탓하지 마라. 지나간 술잔일랑 욕하지 마라. 아직도 술잔은 우리의 머리 위에 빛나고 있다. 부딪쳐 위하여!"

부딪친 술잔이 몇 순배 돌고 나서는
무거워진 눈꺼풀과 함께
순식간에 엄습하는 피로를 떨치고
마지막까지 흐트러진 모습을 보이지 않으려고
동지들과 함께 노력하는 자리
다음의 투쟁을 준비하기 위해
굵고 짧은
평가의 자리에서
나는 승리의 내일을 먼저 보고 있었다

* 오월가투 : 오월 가두 투쟁의 줄임말, 1987년 7, 8, 9월 노동자 대투쟁 이후 광주학살 진상 규명과 책임자 처벌을 위한 오월 투쟁에 노동자들이 조직적으로 금남로에서 가두 투쟁에 나서게 되었다.

지리통박(智異通博)

달아 높이 돋아
내 임 오시는 길 훤히 비춰주오
달뜨기 능선을 오르면 왜 그리 눈물이 나는지
잔설 남아 있는 웅석봉 아래
왕재 바라보면 왜 그리 그리움이 사무치는지
차마 고개 들어 천왕봉을 바라볼 수가 없는지
곰이 되어버린 그녀는
단숨에 밤머리재를 뛰어 건너
당장이라도 품에 안기고 싶지만
바위로 굳어버린 육신
한없이 소원을 빌 뿐이다
한 가닥 실오라기 같은 실바람에 보내본다
통박될 것이라는 믿음을 갖고
모스부호처럼 두드려본다
달아 높이 돋아
나의 고향 산천을 훤히 비춰주오
달아 높이 돋아
나의 조국 산천을 훤히 비춰주오

달아 높이 돋아

조 ·−−· ·−

국 ·−·· ···· ·−··

통 −−·· ·− −·−

일 −·− ··− ···−

백두산과 한라산까지 통박이 전해지기를

정동에서

새끼손톱보다 더 적었던 은행잎이
깃난아이 손만이나 커져버린 하지(夏至)
정동에는 교회당만 있는 게 아니었다
경향신문사 건물 민주노총 은행나무도
금속노조 은행나무도 계절을 타고 있었다
하투(夏鬪)를 결정하는 날
은행잎이 살짝 흔들렸다
총파업은 詩가 될 수 없을까?
구호는 詩가 될 수 없을까?
임금인상 쟁취!
산별교섭 쟁취!
불법 파견, 원하청 불공정 거래 등 재벌 적폐 청산!
최저임금삭감법 폐기!
임금 삭감, 노동조건 저하 없는 노동시간 단축 쟁취!
일방적 구조조정 중단!
사법 농단 적폐 세력 청산!
정말 우리의 요구는 감성이 없는 것인가?
인간의 요구는 詩가 되지만

정말 노동자의 요구는 詩가 될 수 없는가?
정동길 은행잎들이 흔들리면서
알 듯 모를 듯 미소를 보내주고 있었다

장년식

스물아홉과 서른의 차이를 대단한 것으로 생각한 어리석음이 주위를 당혹하게 만들었다. 보태지도 빼지도 않고 십 년 전 불던 그 병나발에 혼난 뒤 엄두를 못 내던 그 짓을 다시 연출하다니. 민주주의가 죽어버린 마지막 자정이라지만 스물아홉에서 서른의 길목은 어지러웠다. 결국, 이십 대의 종착점은 번지 없는 주막이란 말인가. 아니다, 이대로는 아니다.

소주 병나발 한 번 불 때
젖혀진 고개 넘어 떠나가던 연인이여
소주 병나발 두 번 불 때
숙여진 고개 뒤로 쫓겨가던 동지들이여
소주 병나발 세 번 불 때
젖혀진 고개 위로 보이던 눈발이여

눈가에 이슬 맺혀 흘러내리던 눈물이여, 혁명을 노래하며 찾아 나선 고난의 행군이여, 동요하지 말아야 한다. 이제 눈물을 멈추어야 한다. 당면한 내용은 죽어버린 민주주의를 부활시키는 것이지만 자조해서는 안 된다. 더욱 자만해서는 안 된다. 순결하게 품은 이십 대의 나의 신념이 비린내 나는 술과 눈물의 추억으로 매듭지어져서는 안 된다.

서른 고개를 넘어 완성되어야 할 나의 첫 번째 노래는 혁명적 낙관주의, 장년식을 끝내고 부르는 내 노래의 첫 구절은 계속 혁신, 계속 전진.

존재와 사유

붉은 입술이 이름하여
꽃이라 한다

오키나와

1. 가토 상이 들려준 일본 이야기

"요즘 정치인들은 참 나빠요."

도쿄 서점을 나오면서 가토 상은 몇 가지 책들을 가리켰다.

북한을 악선전하는 책들이었다.

"군국주의 부활을 노리는 정치인들은 오다 노부나가를 좋아한답니다."

가토 상에게 일본 정치인들로부터 시작된 일본 이야기와 임진왜란을 듣게 되었다.

"일본 사람들은 성격을 비유하는데 두견새로 세 사람을 비교한답니다. 조선의 임진왜란 전후로 일본에서는 세 사람이 권력을 다투고 있었죠."

"두견새야 울어라. 울지 않으면 죽여버린다. 이런 사람은 오다 노부나가 형(形)입니다."

"두견새야 울어라. 울지 않으면 어떻게 울게 해줄까? 이런 사람은 도요토미 히데요시 형입니다."

"두견새야 울어라. 울지 않으면 울 때까지 기다리마.

이런 사람은 도쿠가와 이에야스 형입니다."

오다는 결국 암살되고,

도요토미는 전쟁에서 패하고,

도쿠가와는 일본 천하를 틀어쥐고,

일본 역사를 이야기하는 가토 상은 상기되어 있었다.

일본 군국주의의 부활의 검은 그림자를 보았던 것이다.

2. 가토 상이 들려준 일본 이야기 두 번째

도쿄의 일본방위청 앞에는 월요일마다 미군기지 반대 집회가 열리고 있었다.

전철역에서 방위청으로 걸어가면서 왼손을 올리고 있는 고양이 인형을 보았다.

가토 상이 웃으면서 말했다.

"고양이가 왼손 올리고 손짓하면 돈이 들어오라는 뜻이에요."

"오른손을 올리고 있으면 복이 들어오라는 뜻이지요."
이번에는 가토 상이 헤헤 웃으면서 말했다.
"요즘에는 양손 든 고양이도 있답니다."

3. 도쿄, 새로운 만남

하네다공항을 박차 오른 비행기는
나에게 두 가지 것만 보여주었다
회색 도시 도쿄와
구름 위에 떠 있는
먼바다의 섬 같은
후지산을 보여주었다
후지산을 돌아
오키나와로 가는 비행기는
더 이상 보여주지 않았다
선입감을 털어버리고 떠나는 날
도쿄를 뒤로하고

후지산을 따라 고개를 돌리다가
통역하는 가토 상의
사람 사랑을 만나게 되었다

4. 나는 보았다

해안선을 따라가는 비행기는
3층에서 날아가고 있었다
층층이 두껍고
때론 얇은 구름 사이로
새가 되어 있었다
마냥 지상과 태평양을 구경하다가
운동을 보게 되었다
태평양은 마르크스주의 철학에서 밝힌
양질의 전환 법칙에 따라
운동하고 있었다
바다와 구름과 태양이

별개의 것이 아니었다
오키나와 미군(米軍)기지 반대 집회로 날아가는
비행기를 태운 태평양은
더욱 심하게
운동하기 시작했다

5. 헤노코여

구름 사이로 모습을 드러낸
오키나와는
신성한 동물들의 형상을
여기저기서 보여주고 있었다
누구는 사자라고도 하고
누구는 해태와 닮았다고도 하고
바다에는 인어가 헤엄친다고 하고
미군이 탐을 내는
헤노코여,

산호초가 아름다운 섬이여,
모습을 드러낸
오키나와는
도쿄에서 보았던
오키나와 사람들의 정열이
그대로 불타오르고 있었다

6. 오키나와 풍경

오키나와 어항에 눈이 끌렸다
아가리를 벌리고 있는
열대어는
산호 속으로 자꾸 몸을 숨겼다
깃을 휘날리는 신기한 물고기는
헤노코 눈물을 흘리고 있었다

"나의 고향을 지켜주세요."

순간, 어항 속의 물고기들이
떼를 지어 일제히
방해전파를 보내고 있었다
어항 앞에는
U.S. ARMY 흑인 병사가
전화 통화를 하고 있었다

7. 하이비스커스

오키나와는 미군에 의해 점령되어 있었다
하이비스커스 꽃
미 해병대 철책선에서 미소를 머금고 있었다
하이비스커스 꽃은
흔들거리다가
태평양 미풍에 흔들거리다가
어느새 슬픔을 머금고 있었다

미군의 학살이 있었던 그날도
하이비스커스 꽃은
알 듯 모를 듯 미소를 보내다가
참상에 경악하여
붉은 눈물을 뚝뚝 흘렸다고 한다
오키나와는 아직도 미군에 의해 점령되어 있었다

8. 오키나와에서 쿠마테 양이 생각났다

도쿄에서 만난 소녀는
요코스카 평화축제에서
자신을 곰이라고 소개했다

"히라가라로는 '쿠마테'입니다."
"한자로는 '熊手'라고 쓴답니다."

소녀는 큰 눈을 끔벅이며

손을 들어 남쪽을 가리켰다

"오키나와에 가면 꼭 헤노코에 가주세요."
"우리들의 천국을 잃어버릴 수 없답니다."

9. 오키나와, 그 현장

8·13 미군 헬기 추락 사고 장소에는
불에 타다 만 나무가
그대로 있었다.
오키나와국제대학의 그 나무는
미국을 향한
섬사람들의
가운데 손가락 모양이었다.
Fucking U.S.A.

10. 맑은 오키나와

오키나와 섬사람들은
투쟁을 하고 있었다
미군기지를 되찾으려는
투쟁을 하고 있었다
미군과 일본 본토로부터 침략해오는
생활 문화적 수탈에 대항한
투쟁을 하고 있었다
오키나와 방식으로

"오키나와 섬사람들은 미인을 '아름답다'라고 말하지 않습니다."
"'맑다'라고 합니다."

맑은 오키나와를 노래하는
우미세도 유다카는
태평양 같이 넓고 깊은 목소리로

의연하게 말했다
잔잔한 바람이 불어왔다

"우리에게는 적이 없습니다."
"오키나와 평화를 지킵시다."

11. 오키나와의 밤

"말을 안 하면, 투쟁하지 않으면, 우리는 멸망합니다."

미군기지 반대 집회가
계속되는 동안
전투기 여섯 대가 날아올랐다
폭음이 쏟아져 내렸다

"저 사람들은 웃고 살지만, 우리는 울면서 살고 있지 않습니까?"

통역하던 가토 상은 울먹였다

“조용한 오키나와를 만듭시다.”
“이 가을에 풀벌레 우는 소리가 들리는 오키나와를 되찾읍시다.”

12. 집회실행위원장(集会实行委员長)

미군으로부터 자유와 평화를 찾기 위한
집회가 끝나고 저녁 식사 시간이었다
안경을 쓰고 나이가 많은 실행위원장은
걸걸한 목소리로 나에게 말을 걸어왔다

“나하고 많이 닮았네.”
“우리 조상은 원래 중국에서 건너왔는데 자네도 조상이 중국 사람 아닌가?”

순간 장내에는 폭소가 터졌다
나는 웃으면서 농을 받아주었다.

"아이고, 전 탐라국(耽羅國) 사람인데요."

또다시 폭소가 터졌다
오키나와 밤은 깊어가고 있었다

13. 오키나와에서 만난 여자

도쿄와 오키나와는 달랐다
인심이 후했고
아와모리 술이 있었다
오키나와 술집에서 만난
오키나와 여자는
인심이 후했지만, 독했다

일본주(日本酒)를 먹고 있었던 나는
그 여자와 대화하는 동안
아와모리를 다 마셔버렸다
미국과 일본 본토를 함께 성토하면서

14. 오키나와를 떠나면서

용과 공작새가 살고 있고
헤노코 바다에는
인어가 사람에게 젖을 먹이고 있었다
마을에는 사자(獅子)가
액을 막아주고 있는 오키나와를
이젠 떠난다
하룻밤이었지만
너무도 많은 여운이 남는다
미군기지에 황폐화되어가는
오키나와를 살리기 위한

섬사람들은 순박했지만
불끈 쥔 주먹에는
집회 결의문이 꼬깃꼬깃 마구 구겨져
부르르 떨고 있었다

쏠 테면 쏘아 봐라

단풍 든 가을날 지리산 기슭에서는
복사꽃이 흩날리고 있습니다
시간을 거꾸로 돌려보고 싶습니다
역사를 되돌리고 싶습니다
분하고 억장 터지는 이 분노를
어떻게 주체해야 합니까
통일애국열사여,
총탄에 맞아 쓰러진 혁명가여

억새 바람 부는 가을날 지리산 골짜기마다
함박눈이 내리고 있습니다
포근하게, 아니 더럽게도 부드럽게
그래서 더욱 치 떨리게
아— 아— 시간을 거꾸로 돌려보고 싶습니다
아— 아— 역사를 되돌리고 싶습니다
쌓이는 눈 더미를 파헤쳐보면
밟히고 잡히는 것이 모조리
동지들의 갈비뼈입니다

전사들의 해골입니다
빨치산 동지들,
너무도 참혹하게 먼저 가신 전사들이여

그날의 총성은 시작을 알리는 서막이었습니다
백아산에서 백운산에서
섬진강에서 지리산에서
무고한 생명들이 반동의 이기적인 손짓 하나로 쓰러지더니
반세기를 훌쩍 넘은 한반도 남단에서는
반동의 이기적인 눈짓 하나로
소리 없는 아우성이 지금도 계속되고 있습니다

"쏠 테면 쏘아 봐라."
빨치산 혁명 전사들의 눈빛
감히 거스를 수 없는 당당함과 자신감을
불어 넣어주는 혁명 전통이었습니다
통일애국열사를 모시는 오늘

백운산 한재에서는
빨치산 동지들의 디딜방아 소리가
멈추지 않고 있습니다
들리지 않습니까
아직 생이 남아 있는 동지들
혁명 전통을 잇고자 하는 전사들
해방 전과 전쟁 시기,
전쟁이 끝난 뒤에도 계속되고 있는
미완의 혁명을 우리는 실행해야 합니다

빨치산 혁명 전사들이여
편히 쉬십시오

세계관

"자신감을 가져라."

이는 어떤 눈을 가질 것인가에서
반드시, 필요한 말이다
쉴 새 없이 운동하고 있는
세계를 바라보는 눈의
핵심은
누구의 눈으로 볼 것인가에 있다
세계의 당당한 주인인
노동자들이여
자신감을 가져라

사슬

나를 얽매인 사슬이 있다
아, 끊어버리려고 발버둥 치지만
더욱 나의 심장 속까지 조여온다
그것은 동지애 철철 묻어 나오는
한여름을 이겨낸 나팔꽃 사슬이었으면 한다
자본의 계급적 모순이 만들어낸 것 같은
철퇴로 한꺼번에 다가오는 착취의 사슬이었다면
지금, 이 순간 오죽 좋으련만
당당하게 맞서 싸우다 부서진다면
지금, 이 순간 오죽 좋으련만
조여오는 사슬에 살갗이 좀먹어 터지고 있는
이 사슬에 솔직히 나는 두려워 떨고 있는가
심장 속까지 얽매여 조여오는 이 사슬
이 사슬은 반성의 사슬이요
왜 나를 알아주지 않느냐고 했던
바보스러운 푸념의 사슬이다
머리를 쥐어뜯어봤자 소용없는 일
해는 져서 어둠이 깔리고

사슬의 무게는 더없이 무겁고 고통스러워지는데
나팔꽃도 꽃잎을 오므리고 내일을 준비하고 있는데
이 사슬의 고리를 어떻게 끊어야 하나
적과 아를 분명히 구분하고 동지를 믿어야 하는데
번민과 갈등만 증폭되는 외로운 밤이여
책임질 문제는 책임지자는 원칙의 칼만 갈다가
사슬에 얽매여 자기비판 하는 이 밤에
조직과 동지들을 떠올리며
거친 호흡에서 긴 호흡으로
어느새
사슬에 얽매인 나팔꽃이 되고 있다
나팔꽃 사슬이 되고 있다

또, 사슬

—동백꽃보다 더 진한, 그대 잘 가라

나를 얽매인 사슬이 있다
아, 끊어버리려고 발버둥 치지만
더욱 나의 심장 속까지 조여오는 사슬이여

사슬은 분명히 형체가 없지 않았다
내가 한순간 내 양심에 비추어 행동하지 않은 그날 밤
그대는 분명히 나의 목을 조여왔다
압박하며 나의 두 팔을 꼬아 잡아당겨
가슴을 터뜨리려 덤벼드는 사슬은
그대는
적인가 아인가

뽕나무 몽둥이가 난무했던 상황버섯밭,
킬링필드에 흐르던 수십만의 그 붉은 피
미군의 폭격이 있었던 베트남 북부, 캄보디아나
탱크의 포격 소리와 헬리콥터 기총 사격으로 짓이겨진
오월 광주의 수천의 그 붉은 피

도청 앞 분수대에서의 함성
동백꽃보다 더 진하게 피어나는 그대

모순이 만들어낸 것 같은
한꺼번에 다가오는 착취의 철퇴
당당하게 맞서 싸우다 부서진 그대
조여오는 사슬에 살갗이 좀먹어 터지고 있는 나는
그대에게 솔직히 나는 두려워 떨고 있는가
심장 속까지 조여오는 이 사슬

그대 이제 가는가

머리를 쥐어뜯어봤자 소용없는 일
해는 져서 어둠이 깔리고
사슬의 무게는 더없이 무겁고 고통스러워지는데
이 사슬의 고리를 어떻게 해야 하나
적과 아를 분명히 구분해야 하는데
하는데

번민과 갈등만 증폭되는 밤이여

책임질 문제는 책임지자는 원칙의 칼만 갈다가
사슬에 얽매여 자기비판 하는 이 밤에
거친 호흡에서
어느새 그대의 긴 호흡으로
동백꽃보다 더 붉은 입술로 불러본다

그대 이제 잘 가라

소금꽃 당신, 노동자

우리 집에 와보면 비로소 내 닉네임이 왜 '소금꽃'인지 대략 눈치챌 수 있을 것이다

우리 집에는 현대중공업 골리앗 투쟁 당시 담배 맞불 붙이는 그림이 하나 크게 걸려 있다

그 안에 '투쟁으로 피어날 소금꽃 당신, 노동자' 붉은 글씨가 보인다

어디에 있을까

아직도 골리앗과 싸우고 있을까

아니면 골리앗에 순응하고 있을까

그림의 주인공들은 어떻게 되어 있을까

나는 그림을 액자로 만들어 붙여놓고 수십 년이 넘도록 마술을 걸고 있다

골리앗 아래 투쟁하다 피워 문 담배

옆 동지에게 담배 채로 붙여주는 담뱃불

꺼지지 말아라

꺼지지 말아라

말아라

말아라

사북, 봄날의 교향곡

서시

사람이 불을 발견하고 불을 다룰 줄 알아가면서 사람이 사람으로 더 나아가는 동안, 사람도 나아가고, 불도 나아가고, 탄가루에 핀 불에 의해 주둥이가 막혀 있는 물 주전자가 폭발해버린 동기로 증기기관차가 만들어지고 혁명이, 산업혁명이 일어나게 되었다. 그 후로 사람들에게는 쉼 없이 요구되는 탄가루가 있었다.

사북 갱도 속에 탄가루 날린다
에너지를 얻기 위한 다양한 노력들
결국, 사람이 만들어놓은 과업
석탄으로든, 석유로든, 원자핵으로든
다양한 폭발을 만들어내기 위한 노력들
기차로든, 자동차로든, 핵잠수함으로든
계속된 전진을 요구하고 있었다
전진의 힘은
사북 갱도의 깊이에서도 알 수가 있었다

계급

사람이 사람으로 진화한 처음에는 계급이 없었다고 한다. 원시공산제 사회에서의 수렵과 채취, 사북의 원시시대에도 그랬을 것이다. 그러나 계급사회로 나아가는 동안 노예제 사회에서의 노예 소유주와 노예의 계급 관계로, 봉건제 사회에서의 지주와 농노의 계급 관계로, 지금의 자본주의 사회에서의 자본가와 임금 노동자의 계급 관계로 나아가는 동안 많은 사람의 삶은 피폐해져갔다. 사북에서 탄을 캐기 시작하면서도 마찬가지였다.

사북 갱도 속에 탄가루 날린다
막장이란 말이 있다
채굴 막장, 굴진 막장
갱도의 막다른 곳, 그곳의
굶주린 쥐 떼들이 인생 막장을 맛보게 한다
카바이드 등불에 희미해져가는 숨소리

그곳에는 계급이 없는 듯 보인다
살아서 나갈 수는 있는가
매일 반복되는 마른기침 소리 들리는 것이
차라리 행복이었어
그래도 지상의 계급사회로 다시 나가는 게
차라리 행복일 수도 있겠어

어용

한때 어용이라 함은 용의 탈을 쓴 이무기를 어용(魚龍)이라 생각했는데, 본디 뜻은 임금이 기용해서 쓴 사람을 가리키는 말이었다. 사북에도 노동조합이 있었으나 어용노조, 그 노조위원장은 사북의 새로운 귀족, 분명 자본가가 아니었지만, 자본가만큼이나 징한 놈이었다. 한낱 미꾸라지 어(魚)에 지나지 않았지만 말이다.

사북 갱도 속에 탄가루 날린다

배신의 칼날은 매서웠다
판잣집 연탄 아궁이에 피어오르는 불꽃 속살은
붉은색으로 파란색으로 샛노란 색으로
차츰 야위어가고 있었다
등골만 쪽 빨아가듯이, 알면서도
모르는 척, 애써 외면했었다
그렇게 정선아리랑을 타고 넘는
사북의 겨울을 갱도와 이어진
대륙의 철길로마저 보내면서
이번에는 이번에는 하면서
일말의 기대를 해보았지만
봄이 되어서도 마찬가지,
배신의 칼날은 매서웠다

항쟁

폭동과 항쟁의 차이는 무엇인가? 집단적 폭력 행위

로 안녕과 질서를 어지럽게 하는 일을 폭동이라 하고, 상대에 맞서 싸우는 것을 항쟁이라고 국어사전에서는 정리하고 있다. 사북폭동에서 사북사건으로, 지금은 사북항쟁으로, 민주화운동으로 인정받은 1980년 4월 21일부터 나흘의 항쟁, 결국 사람이 죽어야 불길이 치솟아 오르는 항쟁이었다.

사북 갱도 속에 탄가루 날린다
갱도를 뒤흔드는 폭발음, 진동,
그리고 칠흑 같은 어두움
어디에서부터 잘못되었을까
사람이 죽어나가는 갱도 안에서보다
결탁해버린 경찰차에 깔려 죽는 게
더 나을 수가 있었나
부마항쟁도 김주열 시신이 마산 앞바다에 떠오르면서
광주민중항쟁도 공수부대가 광주 시민을 학살하면서
6월항쟁도 박종철 사인이 밝혀지면서
항쟁은 걷잡을 수 없는 들불이었다

사북도 마찬가지
일시에 사북을 해방구로 만들어버린 항쟁은
피를 먹고 자라는 민주주의의 접점이었다
사북, 장송곡 가락은 저리 가라 하고
해방의 노래를 부르자 하네

교향곡

항일무장투쟁의 역사를 근현대 역사의 전통이라고 말하는 이들이 있다. 우리 역사에서 교훈을 주는 항일무장투쟁의 전통을 교향곡으로 만들어 연주한다. "행복은 저절로 오는 것이 아니라 싸워 이겨서 쟁취해야 합니다."

사북 갱도 속에 탄가루 날린다
씻어도 씻어도 탄가루가 지워지지 않았던
먹먹한 낯이, 교향곡이 울려 퍼지자

아름다운 하모니가 씻김굿이 되어
환한 웃음으로 화답하고 있었다
탄가루 검은 산속에 가끔은 연한 진달래가
유독 붉게 보였다
지하로 다시 하강하기 위한 준비를 하는 동안
계속 울려 퍼지는 교향곡
다시 막장을 파야 하지만
쿵쾅대는 반주 소리에
심장도 벌렁벌렁, 주체하지 못해도
오늘이 좋아, 지금이 좋아
사북 갱도 속에 탄가루 날린다

부끄러워서

추워서 깃을 올렸다
옷깃을 세우다가
고공 크레인을 올려다보았다
가족과 아이들이
말을 못 하고 목이 메어
눈물을 글썽였다
음식을 정성 들여 싸 왔어도
넣어주지 못하고
노모는 하염없이 눈물을 흘리고 있었다
고공 크레인 아래로
빗물인지 눈물인지
하염없이 쏟아져 내리고 있었다
추워서 깃을 올리다가
농성 중인 비정규직 노동자들이
내려오지 못하는 현실에
내가
다 부끄러워서

빗점골에서

솥귀는 어처구니와 함께 없어서는 안 될 존재이다
가마솥 뚜껑에 뾰족하게 솟아오른 솥귀
맷돌을 돌리려면 어처구니를 꽂고
위아래 서로 마주 보아
서로에게 필요한 솥귀와 어처구니와 같은 관계가
남부군 총사령관 화산(火山) 이현상(李鉉相)에게도 있었다

오얏 리(李)
솥귀 현(鉉)
서로 상(相)
지리산 빗점골에서
남부군 총사령관 이현상을 만나던 날
오얏꽃 내리는 날이었다

서로에게 솥귀 같은 존재가 되어준
빗점골 화산의 품에서는
솥귀의 기상이 흐르는 시*가 있었다

어처구니 없게도

* 이현상 사령관의 품에서 나온 한시

智異風雲堂鴻動 지리산에 풍운이 일어 기러기 떼 흩어지니

伏劍千里南走越 남쪽으로 천 리 길 검을 품고 달려왔네

一念何時非祖國 오직 한 뜻, 한시도 조국을 잊은 적 없고

胸有萬甲心有血 가슴에는 철의 각오, 마음속엔 끓는 피 있네

별표를 간직하며

우리는 먼 여행을 마치고
다시 만난 연인 사이가 아니었다
그 여행길에 혹은 사막에서 본 밤하늘의 별,
어린 왕자의 고향인
그 별을 가슴에 간직한 것도 아니었다
이름도 성도 기억나지 않지만
수천수만의 뜨거운 기운
내 손, 내 눈, 내 코, 내 입, 내 귀
짐승 같은 육감이 느낄 수 있는 모든 것으로 휘몰아
쳐 왔다
정말이지 애써
수천수만의 동지들은
나에게 별표를 그려 던져주고 있었다
사람에게서 사랑보다 더한 징표는 없는 줄 알았는데
난 정말인지 몰랐었다 바보처럼 몰랐었다
연인의 사랑보다 어머니의
사랑보다
더 생기로운 사랑이 있었음을
동지가 건네준 별표의 사랑이 있었음을

낙숫물로 댓돌을 뚫는다

—현대자동차 전주비정규직지회 이병훈 동지에게

계란으로 바위 치기 같은
미련한 짓을 하지 말라 한다
사람들은
다윗과 골리앗의 결말을 알고도 말이다
꾀를 부려 골리앗을 죽였던 다윗이
지금 비정규직 공동투쟁으로
다시 태어나고 있음을 모르고 한 말일 것이다
쌓이고 쌓이면,
잘못 쌓이면 적폐가 되지만
쌓이고 쌓이면,
양질의 전환 법칙에 따라 반드시
바뀐다, 바뀔 것이라 확신하고
전진하는 동지여
적수천석(滴水穿石)이라고
더 나아가 보자
연대로 모여
어깨 걸고
낙숫물로 댓돌을 뚫는 그날까지

노치리에서

백아산 능선을 두고
불이 양편으로 갈리는 갈갱이에
스산한 솔바람이 재를 넘고 있었다
노치리(蘆峙里)
갈대밭마을 노경(蘆頃)
솔재마을 송치(松峙)
재 치자(峙字)*에 대한 단상을 한다
산 우뚝할 치(峙)
높고 험한 고개를 일컫는 한자
노치리도 갈재마을에서
공주 우금치(牛禁峙)도 우금재에서
우치리(牛峙里)도 소재마을에서
일제의 수탈에 의해
모두 창지개명 되었다
화학산 소재 너머로
가을 민들레 홀씨가 밀려온다
백두대간 전역으로 퍼져나가
눈이 되어 내린다

천왕봉(天王峯)이

천황봉(天皇峯)이 되어 울고 있었다

가리왕산(加里王山)이

가리왕산(加里旺山)이 되어 울고 있었다**

* 치(峙) : 한글 지명을 일본식으로 바꾼 대표적인 사례

** 황(皇), 왕(旺) : 백두대간의 산봉우리의 왕자(王字) 표기를 일본 왕을 표현하는 황(皇)과 왕(旺)으로 바꾸어 놓았다.

꽃기린

Crown of Thorns

예수의 가시면류관은 무엇으로 만들어졌는가?

일시에 피범벅 만들어버리는

꽃기린 가시 줄기 그의 이름도

Crown of Thorns

희생으로 인류를 구원하든

희생으로 해방 세상을 만들어가든

광천동성당 가는 길에

예수와 들불야학을 떠올리며

새벽녘 저 멀리 동방의 불빛을 바라본다

초승달 아래 샛별 하나

꽃기린,

기린의 꽃을 피워내고 있었다

깃발이 되어

—합수 윤한봉 선생 추모식에 부쳐

그를 안 자들의 회고는 매우 강단졌다
"합수 윤한봉, 그의 이름을 기억하지 못하는 사람은
나이가 너무 어리거나 세상을 쉽게 산 사람들입니다."

화물선 레오파트호는 태평양을 항해하고 있었다
1981년 5월 어느 날이었다
5월의 태평양은
도청 앞 분수대 그날의 함성을 폭풍우로 쏟아부으며
합수를 합수 통에 밀어넣고 있었다
한 번
두 번
세 번의 구속에도 밀어넣지 못했는데
매질과 고문에도 견뎌냈는데
1년이 지난 5월의 태평양은
합수를 가만히 두지 않았다
합수를 합수 통에 밀어넣고 있었다
해무가 낀 바다 한가운데서 박기순을 만나면서
망명하는 자, 자책의 고통이

요동치는 바다보다 더 큰 것임을 알게 되었고
바다와 하늘의 경계가 무너진 새벽
보름달 속 윤상원을 보면서 눈물짓더니
그것도 모자라
애간장 속 비린 합숫물을 토해내고
결국에는 꺼이꺼이 통곡하고 말았다
5월의 태평양은 잔인하였다

미국 항공모함 코럴씨호가 부산 앞바다에 정박 중이었다
1980년 5월 어느 날이었다
5월의 태평양은 학살을 방조하고 있었다
아니 조종하고 있었다
잔인한 5월이었다
얼마나 괴로웠을까
학살이 있고서야 알게 된 진실 속에서
태평양을 건너 미국으로 밀항하던
아니 밀항이 아닌 미제의 심장을 향해

단도를 품고 가던
1981년 5월 어느 날이었다
합수는 얼마나 고통스러웠을까 아니 결기를 품었을까

하여 깃발
깃발을 놓지 않았던
합수 윤한봉에 대한 회억은 매우 아름다웠다
5·18을 깃발로 좀 더 낳은 내일을 꿈꾸는
그를 안 자들의 기억은
태평양을 건너가던 자책과 자학이 아니었다
저항의 승화이었다

"이런 사람들이 걸은 적이 있었기에 이 행성은 아름답습니다"라고
선뜻 말들을 하였다

1997년, 소주 먹기 수월한 곳에서

우리 동네에서 소주 먹기 수월한 곳, 대학로에 가면

회사에서 받아야 할 체불임금 계산하면서
통째로 부도난 나라 걱정과 불안한 일자리와 연체된 아파트 관리비와
눈꼬리 올라가 있을 마누라를 생각하던
새가슴은
내가 까먹던 꼬막 껍질 패총 속에 묻히고 있었다

솔직히 고민되었다
현실로 받아들일 것인가, 자본을 전면적으로 부정할 것인가

우리 동네 대학교 가는 길목에 있어, 대학로라지
소주 먹기 제일 수월한 곳에서
수월하지 않은 고민만 하다가, 술기운 알쑥해진 나와 대학로의 모든 새가슴이
내가 까먹던 꼬막 껍질 패총 속에 묻히고 있었다

암매장당하며 흐릿하지만, 간간이 정신이 돌아오는
새가슴 몇몇은 이렇게 외쳤지
이 시대 학삐리 물 먹고 짱 보는 지식인들이여, 자본의 모순을 노래하라
공상에서 과학으로 연주하라
이 시대 진정한 노동자 동지들이여
머뭇거리지 말고 여기저기 깡다구를 긁어모아
합창하며 춤을 추어라
새날 개척의 춤을 추어라

마지막 꼬막 껍질이 떨어지고
새가슴 패총 위에 눈이 내린다, 그것도 소복이

1989년, 봉숭아

정부미 혼합곡 신김치 몇 가닥에 나른해진 점심시간
녹슨 고철 폐기장 속에 한 무더기 피어오른
봉숭아꽃을 따는
장일이가
기름때 묻은 얼굴로 웃으며 돌아본다

"이번 달에는 꽃이 보였어."
동거하는 정희의 말이라며
웃어야 할지 울어야 할지 모르겠다던 장일이가
붉게 피어오른 봉숭아꽃을 뜯는다

스물둘 배고픈 용접공 생활에 오직 얻은 것은
솜털 보송보송 붙은 머리카락에 눈이 예쁜 방직 공장의 정희,
봉숭아꽃을 따는
장일이가
기름때 묻은 얼굴로 웃으며 돌아본다

텔레비전 흔한 삼류드라마에서
새색시 임신하면 온 집안이 경사 나던데
지난달 가불 십만 원에 삼 개월짜리 애를 뗐다던 장일이가
아프도록 그리며 봉숭아꽃을 뜯는다

첫눈이 내리는 날에도 지워지지 않을 정희의
붉게 물든 새끼손가락 그리며
봉숭아꽃 따는
장일이가
기름때 묻은 얼굴로 웃으며 돌아본다

발문

무엇보다도 시(詩)가 동봉된 옥중 편지

조성국(시인)

1

기창이가 딸려갔다. 체포돼 딸려갔던 전날, 광주 구(舊) 시청 뒷골목에서 몇몇이 진탕 어울려 작당하듯 주담회를 벌었던 터여서, 그렇게 빨리 딸려갈지는 몰랐다. 물론 수색영장을 발부받은 국가정보원 요원들이 그의 집 앞을 몇 날 며칠 잠복했었다는, 그걸 피해 한동안 잠적했다가, 자진 출두하여 조사받는 몇 차례의 진술도 거부하며 항거 중이란 걸 잘 알고 있었고, 전남 담양 대덕 송산골에서 불러낸 아내와 아들내미를 대리시켜 귀가한 줄 알았었는데, 수원구치소 미결의 "11번 방 독방에서는 연신 콜록거리며/ 공황장애 앓는 등짝에"처럼 "십자가에 못 박힌 예수"처럼 "비를 맞고 있"(「비 내리는 풍경」)는 거였다.

"은색 차가움에 섬뜩 놀라/ 내가 무슨 죄를 지었는지도 몰라"서 "겁먹은 사슴 눈이 감"기고, "저절로/ 손목의 차가움과 가리개는 잠시/ 수갑과 함께 옥죄여 오는 포승/ 텔레비전 뉴스에서 봤던/ 예전의 하얀 밧줄이 아니"었다. "수갑은 따르륵, 포승도 또르륵/ 간격을 줄여 조여오는 기괴한/ 금속음과 플라스틱 부딪히는 소리는/ 호송차에서 보이는 풍경과 함께/ 몸통도 돌아가버리는 구속/ 흘러내리는 안경도 올릴 수 없"었다. "수갑 채워져 포승줄에 묶여/ 줄줄이 끌려가는 향연/ 달콤함은 어디 갔나, 비릿한/ 비참함을 다시 맛보지 않으려면/ 그 향연에 맞장구를 치지 말아야,/ 재판장에 서서 선서를 하면서도/ 전복의 꿈을 버리지 못한/ 철부지 혁명가가/ 수갑과 포승 갑갑"하게 "혼자 한탄강을 건너"(「수갑과 포승」)서 그렇게 끌려갔던 모양이다. 그리하여 낯선 그곳을 "폭력의 독방"이라 "규정"하고 버텨나간다.

'그러므로 전쟁과 혁명의 공통분모라고 일반적으로 믿어지는

폭력의 세기가 되었다.'

한나 아렌트, 『폭력의 세기』가

거대하다 못해 위대하기까지 했는데

21세기 나에게 가해진 폭력은 더 했다

바라기를 못 하게 철저히 차단하는 것

일주일에 한 번, 수요일 30분, 운동장에서 운동 시간

나는 오늘, 흐린 하늘을 폭력으로 규정하였다

해바라기를 못 하게 막는 폭력으로

더 나아가 밤마다

별바라기도 못 하게 해

달바라기도 못 하게 해

밤마다 국가 걱정하다가

국가가 가둬놓은 감옥에서

지난 세기 풍으로 퇴색한 폭력의

독방에서 쓰러져 눈물 흘려보낸다

바람벽에 난 구멍으로

은하수가 흐른다

—「폭력의 독방」 전문

비록 "왼쪽 귀는 카오스로 멀어져가고/ 오른쪽 귀는 코스모스로 멀어져가고/ 청신경의 중간 지대는 존재하지 않"아도 "어쨌든 소리가 울리는 것을 느낀다". "날이 갈수록 심하게/ 양방향으로 멀어져가는/ 혼돈, 원초적 상태와/ 우주, 질서와 조화를 지닌 세계를/ 모두 품어야/ 미치게 만들고 있는 귀울음이 그치려나/ 독방에서의 정신 상태

는 진정되지 않았고/ 귀는 새의 입을 쫓아가며/ 비워내기를 멈추지 않았다, 그래도/ 눈을 감아보아/ 숨을 멈추어서라도/ 이명을 품어 안아"(「이명」) 다독이며 가슴에 가라앉힌다. 심지어는 좁다란 "독방"의 "바람벽" 구멍으로 흐르는 "은하수"를 보며 린치당한 몸과 마음을 다잡았는지, 그곳에 그럴싸한 정자 한 채를 지어 옥중 편지에다 동봉해 보내온다.

감옥에서의 통방은 예전과 달랐다
펜과 종이를 달라고 투쟁했던 시절보다는,
마음 맞고 서로를 북돋아 주는 이 있어
시 한 편 써서 몰래 보냈더니
박노해 시인이 독방에 붙여놓고
감옥 생활의 고독함을 이겨냈다고
6번 방 향적(香積) 선생이 답신을 보내왔다

—목렬(木烈) 선생님
—사은암(思恩庵), 생각을 은혜롭게 하는 암자라는 뜻이 참 좋지 않습니까?

지금 여기, 나의 독방을 무슨 암자로 만들까
백석 시인의 「흰 바람벽이 있어」가 떠올라

나의 독방에도 흰 바람벽 있어

한시를 짓고 암자명(庵子名)을 추출해본다

有白壁風庵(유백벽풍암)

回畫面戀憫(회화면연민)

水原獨房之(수원독방지)

今日心降雨(금일심강우)

여기 흰 바람벽 있어 암자에 바람 불어오니

사모했던 것들과 불쌍히 여겼던 것들이 화면으로 되돌아오고

수원구치소 독방에

비가 내리네, 오늘 내 마음속으로

—「백풍암(白風庵)」 전문

옥방에서 견디는 맷집이라도 비로소 생긴 것인지, 아니면 여유작작하니 살 만한 배짱이 생긴 것인지 이젠 제법 "법무부 자비 물품 신청서 식품란/ 3,970원짜리에 눈이 번쩍 뜨여/ 재빠르게 작성하는 신청서"(「참기름」)를 써서 생활필수품을 구매할 줄도 안다. "보도 사도 못 한", "홍조를 띄우는" 얼굴에 핀 "마른버짐"과 "양쪽 볼과 턱 주변 두드러기"와 "양쪽 입술 피부 갈라짐" 또는 "민간인

신분일 때의 그 술독"과 "해마다 겨울에서 봄 되려 할 사이/ 어김없이 찾아오는 쥐, 그 쥐에/ 입술 쥐었으니/ 일단 발라보자 참기름!" "차도가 있나 몰라/ 한 시간도 안 되어 한 번 더 찍어 발라/ 그렇게 몇 번 더, 고소하다 했더니/ 헉, 아침 거울에 비친/ 더욱 보도 사도 못 해버린 내 얼굴/ 퉁퉁 부어올라/ 구치소 의사에게 종합피부병 농가진 진단을 받고/ 10일이나 넘게 복용한 항생제,/ 참기름 발랐다는 사실은/ 끝까지 말하지 않았"던 그 "불신"도 "자초"할 줄 알았다. "어화(漁火)둥둥" "화전(花煎) 놀이"도 즐기며 잘도 논다. 잘도 놀되 가슴 한 켠에 "돌올"하여 "의연"한 혁명의 시대를 살던 시인을, "목놓아"(「돌올하게」) 외쳐 부른다.

일국에 최상좌의 목민관이 "공산전체주의를 맹종하며 조작선동으로 여론을 왜곡하고 사회를 교란하는 반국가 세력들이 여전히 활개 치고 있"으며 이들 "공산전체주의 세력은 늘 민주주의 운동가, 인권 운동가, 진보주의 행동가로 위장하고 허위 선동과 야비하고 패륜적인 공작을 일삼아 왔"(윤석열 대통령의 광복절 경축사)다고 하는 '지금-여기', 이 시대 이 체제에 말이다.

희생양이 필요했던 성경 구절에는
분명 무사 안녕이었는데, 그래서

애꿎은 양들과 송아지가 희생되는 시대였는데
여기에서도 희생당하는 사람들이 필요했던바
양의 탈을 쓴 늑대가 만든 국가보안법은
그 희생양을 잡아오는 그물
그 희생 제물을 바치는 제단에는
한반도 허리 잘라 타공(打共)한 총탄들이 가득
1948년 국가보안법이 생겨 1년 만에 11만 명
분단이 고착되어야 정권이 유지될 수 있어
그 희생양이 필요했던 시대가
지금도 계속되고 있어
통곡의 강은 피를 먹고 흘러가며
죽어가던 민주주의를 부활시켜 놓았어도
국가보안법의 위용은 호랑이 눈썹 마냥 미동도 없다
희생양이 되어
수원구치소 독방에서
시를 긁적거려보지만
열리지 않는 재판과 마찬가지로 영 시원치 않아
국가보안법이 철폐되지 않고서는
시가, 시가 아닌 시대라고 울부짖으며
양, 애꿎은 생양(牲羊)이 되어버렸고
송아지, 애꿎은 생독(牲犢)이 되어버렸지만
동지들도 서정시가 어울리지 않는 시대라고 다독거리며

혁명 시인 브레히트를 소환하고 있었다

—「서정시가 어울리지 않는 시대」 전문

2

새삼스럽게도 나도 비전향 장기수 오줌 누는 시간만큼이나 경험한 바가 있었지만, 말하기 좋게 징역살이가 아무리, 좀 더 나은 세상을 위해 몸과 마음을 단련시키는 학습의 장으로 여긴다고는 하지만 흰 벽 흰 방의 밤에 누우면 저절로 만감이 교차한다. 아마도 기창이도 분명 그랬을 것이다. 삶의 원형질과 같은 "촛불 켜고 염주 알 돌리면서 나무아미타불/ 염불하시는", "전쟁통/ 오빠들 뒷바라지하느라 문맹아였지만 맹문이는 아니었다고 하시더니/ 비구니로 출가한 큰딸 따라 시작했던 글공부"(「금강경」)로 익혀 외우던 어머니가 생각났을 것이고, "평소 말씀이 거의 없으시고/ 얼굴 표정에는 감정이 드러나지 않아/ 근엄하다 못해 무서웠던","나주 덕음광산에서 금을" 캐다 "폭발 사고로 왼쪽 다리를 크게" 다쳐 "무릎 밑으로 절단하여 의족을" 끼던, 1980년 5월에는 "전용 자전거"를 타고 계엄군이 바리케이드 친 화순 너릿재를 지나 "영산포 아래 왕곡 지나 공산 집까지/ 나주평야 논 몇 마지기 못자리 내기 위해" "계엄을 뚫어"(「아버지와 자전거」)버린 아버지 생각도 나고 그랬을 것이다.

또 "국민학교 6학년 때 똑똑히 들었던 그 단어" "불순분자, 그따위"에 "지금은" 자신이 " 몰려 구속"된 채 "그따위 것들에게" 구치되었지만 온 식구가 같이 살던 "시장 옆 길 씨 아저씨네 집", "큰아버지 집인 양 거기서 살다시피 했던" "고향이 함경도 어디라던 길 씨 아저씨네"의 "형들과 누나와 친구, 그렇게 넷", "진폐로 콜록이기까지 하는 아버지를 보듬은" 광주 학동 골목 시장의 "어머니의 김치 맛에 반해버린 실향민 식구들 옆에서" 그와 "동생들, 이렇게 넷/ 어른을 빼고 팔 형제가 되어서 오순도순/ 어른들 일하러 나가고 형과 누나도 일하러 나가"면 "학교 갔다 오고 저녁에 모여서 알콩달콩" 뛰놀던 1980년 광주 생활이 아득히 다가왔을 것이다. "학교도 못 가게 된 것이/ 계엄 때문이었음을 그때는 몰랐었는데" "학교 안 갔던 즐거움이 마냥 좋았던 것만은 아니었"던 게 생각났을 것이다. "큰형 길태선, 택시 운전하던 형이/ 몇 날 며칠 들어오지 않는 것"으로 하여 "길 씨 아저씨와 아주머니, 상무대 체육관 바닥에/ 태극기에 덮인 아들을 두고 통곡하고 오열하고/ 그날 저녁" 앳된 "우리들은 부모님이 덮어주시는/ 오월의 솜이불 속에서 벌벌 떨며 뜬눈으로 밤을 지새워야" 했던 기억. "도청으로 총탄이 발사되어도/ 도청 뒤 우리 집까지 날아들어도/ 솜이불에 돌돌 말려서 괜찮을 거라며/ "우리가 불순분자냐?!"/ 총알이 뚫고 가지 못할 거라며 솜이불을 덮어주시던 어머니,/ 길 씨네 아주머니 생각에 가슴 미어지는 밤이었을 것이다". 그런 그가 "커서 40년이나 훌쩍 뛰어넘어/ 국가보안법 위반으로 구속되어/ 춥다고, 오월에 비 좀 내렸다고/ 춥다고, 불순분자 그따위가 되어/ 춥다고, 법무부 마크가 찍힌 모포 뒤집어쓰고서는/ 사골 국물 같은 진한 옛 생각에 젖어"(「솜이불 덮으며」) 들었을 것이다. 무엇보다도 딸아이와 주고받은 "인터넷 서신"을 통해 그려진 꽃 피는 집이 생각났을 것이다(「꽃동산—독방 회상 2」).

전라남도 담양군 대덕면 운산리 송산, 우리 집은 이월 말부터 순차적으로 꽃이 핀다. 눈 속에서 제일 먼저 피는 복수초, 노오란 꽃이 복과 장수를 가져온단다. 탐스럽다. 홍매화, 청매화가 꽃망울을 터뜨린다. 이어서 개울가 축대 위 녹차 나무 밑에서는 수선화가 횡렬포복으로 피어나고 그 끝에서 목련 나무가 풍성하게 꽃을 피운다. 올해는 날씨가 영하로 떨어지지 않아서 하얗게 고운 자태가 훼손되지 않았을 것이다. 삼말사초, 뒷동산에는 복사꽃이 군락으로 피고 앞마당에는 피자두꽃과 물앵두꽃이 동시에 피어났을 것이다. 아마도 '아빠가 좋아하는 꽃'은 뒷동산 개복숭아꽃일 것이다. 송산마을은 고지대 산속, 강원도 날씨이다 보니 광주에서 벚꽃이 다 떨어져야 우리 벚꽃이 핀다. 집으로 진입하는 벚나무는 다리 입구에서 이십 년이 넘었을 것이고 주차장 벚나무는 삼십 년이 넘었을 것이다. 그 꽃잎 바람에 날려 술잔에 떨어지고, 많이도 마셨지. 지금쯤 활짝 피었겠지…… 순차적으로 꽃을 피우기는 하나 꽃잎이 마저 떨어지기 전에 앞다투어 피다 보니 갖가지 꽃들을 한꺼번에 볼 수 있어 꽃대궐, 빼먹은 꽃도 있다. 진달래도 활짝 피었겠지…… 곧이어 사말오초, 철쭉과 영산홍도 붉은 기운으로 기염을 토하겠지……

가고 싶다,
보고 싶다,
가족들과 꽃 피우는 우리 집으로 달려가고 싶다.

—「꽃동산—독방 회상 2」 부분

꽤나 "달려가고 싶"었을 것이다. 뿐더러 오전 9시 30분부터 오후 9시까지 시청할 수 있는 TV(법무부 교정용)에 뉴스를 보고 "뉴스데스크 탑에 오른" "동명이인"에 "묻혀 있던 첫사랑의 추억"을 "발굴"해낸다. "별에서 온 『어린 왕자』가 그려진 그림엽서 한 줄이 유물로, 기억 저편에서는 난파선이 닻을 내리"듯이 "반 박자 스텝을"(「동명이인—독방 회상 1」) 밟으며 방문해온 옛 애인을 회억한다. 또 "취침

등도 아니고 뭣도 아니고, 조도 침침한 밤 열시, 서대문형무소도 잠들고 영천시장 골목도 폐점하고, 오늘 방영된 여섯 시 내 고향 순댓국집만 새벽 손님 받을 채비를" 곧바로 읽어낸다. "청와대 행사에도 초청 받았다는 순댓국, 밥집 건너 완도집 도다리쑥국은" 그가 "주로 찾아간 고향 의결(議決)로 노조 회의 뒷풀이 장소 1번지였"던 곳. "영화 촬영으로 유명세를 탄 꽈배기집도 있는 영천시장, 경상도 영천과 같은 이름일 뿐, 서대문 영천시장은 죄다 전라도 이름투성이"인 곳. "군산 반찬, 어렸을 적 부식 가게이었던" 그 "집의 김치며 젓갈, 계절 따라 담는 반찬 맛이었"고, "언제나 서울로 파견 나와 집밥이 그리울 때 매번 찾던 채소전이며 어물전이며 정육점을 여섯 시 내 고향 독방 TV로 시청하는 서대문형무소 옆 영천시장"(「영천시장—독방 회상 6」) 밥상에다 숟가락을 갖다 댄다.

"뜻하지 않는 금주로 술독이 거의 빠져나갈 즈음 울산 친구와의 삼투압 생각에 웃음을 참지 못한다"(「삼투압—독방 회상 4」). "마산시장 어물전에" 찾아가서는 무척 "주눅이" 든다. 뜻이 같고 행동이 같은 도반의 "엄 부위원장 어머니의 미더덕 젓갈을 전수 받은 깻잎 머리 제수씨의 현란한 칼놀림"에. "미더덕 다져 양념한 마산 바다를 먹고, 알쑥해진 취기와 함께 셋이서 친 맞고의 막판이란 바다가 바다를 따먹는 꼴이었"으니, 제아무리 전라도 음식 맛이 으뜸이라고는 하지만 경상도 "미더덕 젓갈"만 못하였겠다. "난생처음 먹어본 맛"(「미더덕 젓갈—독방 회상 7」)이라 했으니.

또 "수원구치소 식단표 목요일 점심 국거리" "호박새우젓국, 시기상 호박꽃과 벌들의 사랑이 이제 막 시작되었을 때이니, 아마도 하우스 호박으로 국거리를 만들었을 것"이라고 생각하고 "나주 어머니 애호박찌개가 생각나는 것은 당한 자만 알고 있는 고문이자 맛본 자만 알고 있는 고통"이라 토로한다. "한여름 통통한 조선호박, 동그란 애호박 채 썰고 돼지고기 앞다리살과 작년에 경작한 빨간 고춧가루 듬뿍 국물로 녹여낸 애호박찌개 한 냄비, 먼저 가신 할머니 아버지와 겸상하는 고향 집 마루"를 "그리워"한다고는 하나 뭐니 뭐니 해도 집만 한 곳이 없어 또 한 번 청승 떨 듯 사무친다(「호박꽃 생각—독방 회상 5」).

두고 온 녹차 나무가 그리워진다.

차 싹을 따다가 햇살을 피하려 불어오는 바람을 등지고 모자챙을 누른다

집 지으면서 함께 심은 녹차 나무의 시간은 뿌리의 착근성(着近性)으로 마냥, 십 년 동안 쉬지 않고 뻗어 내려갔다.

봄이면 참새 혓바닥만큼 내어줄 때 작설차 만들고, 녹광나는 잎으로 청태전을 빚고, 가을이면 보일 듯 말 듯 녹차 꽃

으로 차를 만들어 풍류쟁이로 뛰어난 체하고자 했으나 결국 독방에서 상아탑의 파국을 맞이하고 말았다.

미련이 남아 녹차를 심고 차 싹을 따고 재다 삼매경에 빠져들더니 찻잔을 들어 눈을 감고 음미하는, 하얀 바람에 흔들리는 녹차 꽃과 벌 나비가 가얏고 음률에 따라 춤을 추는 생각에 젖어든다.

수인이 아니라 국보가 아니라 세상일을 등지고 그러려니 하고 싶다.

십 년 동안 돌보지 못한 녹차 나무의 시간을 보상해주고 싶다.

동지들은 정신 나간 놈이다, 책임 회피다 하겠지만 지친 나를 보내준다면 녹차 나무를 가꾸고 싶다.

그런 생각을 하다가, 깜박 잠이 들었나 보다.

미친놈, 바랄 걸 바래야지, 녹차 나무가 뭐라고 정신 차리자!

(그래도 내보내준다면 찻잎부터 뜯겠다.)

—「녹차 나무—독방 회상 3」 전문

3

기창이는 금속노조 10기, 11기 부위원장을 지냈고. 전국현장조직추진위원회 의장 등등을 하면서 20만 금속노조 비정규노동자 철폐를 외쳤다. 해서 거칠고 투박한 편이지만 그래서 오히려 울림이 느껴지는 경우가 많다. 온통 감동의 요소인 울림을 향한 언술로 이루어져서다. 내가 가끔 타인의 고통을 먼발치에서 관조하고 그들의 고통을 일종의 문학적 계기로 삼고 있는 것은 아닌가 하는 회의가 들 때면, 이를 일깨워서 나로 하여금 거짓 공감, 거짓 위안 같은 허위의식에 물들지 않도록 해주었던 어린 벗이다. "한결같은" 친구다. "사랑도 명에도 이름도 남김없이 한평생 싸우자던" "결의"에 찬 노동자다.

철 늦은 장미가
가을비 젖어 붉은 눈물을 흘리던 날
〈임을 위한 행진곡〉을 두 번 불렀다
뚝뚝 비바람에 흩어지는 꽃잎을 바라보며 부르고 또 불렀다
하늘도 울고
공장 울타리도 붉은 눈물을 흘리던 정오에는
자동차공장 비정규직 해고자의 복직 쟁취 결의대회에 함께하면서
〈임을 위한 행진곡〉을 불렀다
—사랑도 명예도 이름도 남김없이

그날 저녁에는

대학병원 비정규직 노동자들이 기계실 점거한 파업 투쟁에 함께하면서

〈임을 위한 행진곡〉을 부르며 눈물 훔쳤다

—한평생 싸우자던 뜨거운 맹세

팔뚝질하면서

흐르는 눈물을 훔치고 또 훔쳤다

병원 앞마당에

요기조기 모양새를 뽐내던 저 화초들보다도

더 못난 삶을 강요받는 노동자들의 투쟁이

승리로 끝나야 한다고 생각하면서 부르고 또 불렀다

눈물을 훔치고 또 훔쳤다

서러움의 눈물이 아니라 세상을 빨리 바꿔야 한다는 자책과

결의의 눈물이었다

정규직 비정규직이 함께하는 벅찬 감동의 눈물이었다

자본이 자유로운 나라

신자유주의 자본주의가 생기로운 나라

우리의 청년들이 전쟁터로 내몰리는 나라

우리가, 우리의 형제들이

비정규직이란 미명 하에

착취받고 억압받고 죽어가는 그래서 열사들의 유서가 같

은 나라

나는 그날 하루에 두 번
〈임을 위한 행진곡〉을 부르면서
하루에 두 번 눈물을 훔치면서
팔뚝질하면서 생각했다 나는 그날 두 번
〈임을 위한 행진곡〉을 부르면서 맹세했다
—사랑도 명예도 이름도 남김없이
한평생 싸우자던 뜨거운 결의를 다지고 다졌다

—「하루에 두 번 불렀다」 전문

기창이가 내딛는 발걸음에는 늘 "활기가 넘쳐났다". "노동자가 평가하는 자리라고/ 투쟁의 무용담 속에서/ 동지의 신뢰를 쌓고/ 승리의 확신이 가득 찬 눈빛으로/ 동지들에게 격려를 아끼지 않는"(「평가」)다. 하지만 "집착만 더해"갈 때도 있다. "라일락 향기가 한강 변을 휘감아 돌 때/ 불법 파견 처벌과/ 원청 직접교섭 촉구를 요구하는/ 비정규직 노동자들의 집회 자리"의 골목, "라일락꽃들이 이타적으로 향기를 뿜어내고 있"기도 한다. "집착만 더해가며 드는 생각에 가슴이" 저민다. "춘래불사춘/ 봄이 왔지만 봄 같지 않"고 "꽃은 피었지만 웃을 수가" 없는 "정원수," "서울 정원수의 으뜸인 라일락 꽃향기 맡으며/ 봄을 만끽하고/ 꽃을 반가워하며/ 마음 편히 웃을 수 있는 날/ 언제일까?"(「한남동에서」) 성찰하는 언제가, 그 "언제가 전체이고/ 언제가 혼자인지, 깊어지는"(「혼자 술」) 세계관이 오롯하다.

모든 그의 일상에서 시를 사유하는 방식이 노동자의 세계관에서 한 치도 벗어난 적이 없다. "쉴 새 없이 운동하고 있는/ 세계를 바라보는 눈의/ 핵심은/ 누구의 눈으로 볼 것인가에" 있음을 알고 "세계의 당당한 주인인/ 노동자"들로 하여금 "자신감을 가져라"(「세계관」) 한다.

이런 세계관이라면 "경향신문사 건물 민주노총 은행나무도", 계절을 타는 "금속노조 은행나무도" 분명 시가 된다. "하투(夏鬪)를 결정하는 날"의 "총파업은 詩가 될 수 없을까?/ 구호는 詩가 될 수 없을까?" 묻지만, "임금인상 쟁취!/ 산별교섭 쟁취!/ 불법 파견, 원하청 불공정 거래 등 재벌 적폐 청산!/ 최저임금삭감법 폐기!/ 임금 삭감, 노동조건 저하 없는 노동시간 단축 쟁취!/ 일방적 구조조정 중단!/ 사법 농단 적폐 세력 청산!" 이 모두가, 이 모두의 요구가 시가 된다. "인간의 요구"만이 "詩가 되"는 것이 아니라 "정말 노동자"의 이 모든 요구가 시(詩)가 될 수 있다(「정동에서」). 하여 "연인의 사랑보다 어머니의/ 사랑보다/ 더 생기로운 사랑"으로 "동지가 건네준 별표의 사랑"(「별표를 간직하며」)을 한껏 받는다.

알게 모르게 그 세계관의 중심에는 「지리통박(智異通

搏)」과 「처연(凄然) 교향곡」의 "파르티잔 김선우(金善佑) 사령관"이 있었고, 「빗점골에서」의 "남부군 총사령관 이현상"도 있었다. 이들을 추모하고자 낭송했던 시가 「쏠 테면 쏘아 봐라」 였는데, 피어린 지리산 자락에서 이 시 낭송을 듣고 추모식에 참석한 눈빛 형형한 백발의 빨치산들이 뒤로 자지러졌다. 물론 가슴에 절절히 와 닿아서였겠다. 국가정보원이 구속영장을 들어대는 증거의 하나가 되기도 했단다.

단풍 든 가을날 지리산 기슭에서는
복사꽃이 흩날리고 있습니다
시간을 거꾸로 돌려보고 싶습니다
역사를 되돌리고 싶습니다
분하고 억장 터지는 이 분노를
어떻게 주체해야 합니까
통일애국열사여
총탄에 맞아 쓰러진 혁명가여

억새 바람 부는 가을날 지리산 골짜기마다
함박눈이 내리고 있습니다
포근하게, 아니 더럽게도 부드럽게
그래서 더욱 치 떨리게

아— 아— 시간을 거꾸로 돌려보고 싶습니다
아— 아— 역사를 되돌리고 싶습니다
쌓이는 눈 더미를 파헤쳐보면
밟히고 잡히는 것이 모조리
동지들의 갈비뼈입니다
전사들의 해골입니다
빨치산 동지들,
너무도 참혹하게 먼저 가신 전사들이여

그날의 총성은 시작을 알리는 서막이었습니다
백아산에서 백운산에서
섬진강에서 지리산에서
무고한 생명들이 반동의 이기적인 손짓 하나로 쓰러지더니
반세기를 훌쩍 넘은 한반도 남단에서는
반동의 이기적인 눈짓 하나로
소리 없는 아우성이 지금도 계속되고 있습니다

“쏠 테면 쏘아 봐라.”
빨치산 혁명 전사들의 눈빛
감히 거스를 수 없는 당당함과 자신감을
불어 넣어주는 혁명 전통이었습니다
통일애국열사를 모시는 오늘

백운산 한재에서는

빨치산 동지들의 디딜방아 소리가

멈추지 않고 있습니다

들리지 않습니까

아직 생이 남아 있는 동지들

혁명 전통을 잇고자 하는 전사들

해방 전과 전쟁 시기,

전쟁이 끝난 뒤에도 계속되고 있는

미완의 혁명을 우리는 실행해야 합니다

빨치산 혁명 전사들이여

편히 쉬십시오

—「쏠 테면 쏘아 봐라」 전문

이로써 지금까지 기창이로부터 받은 서른 여남은 통의 옥중 편지를 다 읽은 셈이다. 다소 미진하고 미숙한 점이 없지는 않으나, "세상을 바꾸고 싶어서, 노동자들에게 위로가 되고 싶어서, 그리고 기창이의 안에 있는 외로움을 이겨내려고 시를 쓴다"고 하는. 외롭기 때문에, 두렵기 때문에 시를 쓰고 연대하는 그가 자신이 불우하게 소외받고 불온한 삶으로부터 멀어질까 두려워한다. 하여 그의 시에는 시와 현실과 행동이 일치하는 빛나는 순간들이 있고, 그것이 얼마나 숭고하고 절실한 순간인지 우리는 잘 안다. 제 몸속에 아로새긴 고통스러운, 그러나 웃음이 빙긋 나는 흐뭇함의 기억들이 선득한 공감 속에서 가슴을 울린다. 결코 나만 그런 것이 아닐 게다.

삶창시선

1	山河丹心	__이기형
2	근로기준법	__육봉수
3	퇴출시대	__객토문학 동인
4	오래된 미신	__거미 동인
5	섬진강 편지	__김인호
6	늦은 오후에 부는 바람	__젊은시 동인
7	아직은 저항의 나이	__일과시 동인
8	꽃비 내리는 길	__전승묵
9	바람이 그린 벽화	__송태웅
10	한라산의 겨울	__김경훈
11	다시 중심으로	__해방글터 동인
12	봄은 왜 오지 않는가	__이기형
13	거미울 고개	__류근삼
14	검지에 핀 꽃	__조혜영
15	저 많은 꽃등들	__일과시 동인
16	참빗 하나	__이민호
17	꿀잠	__송경동
18	개나리 꽃눈	__표성배
19	과업	__권혁소
20	바늘구멍에 대한 기억	__김형식
21	망가진 기타	__서정민 유고시집
22	시금치 학교	__서수찬
23	기린 울음	__고영서
24	하늘공장	__임성용
25	천 년 전 같은 하루	__최성수
26	꽃과 악수하는 법	__고선주
27	수화기 속의 여자	__이명윤
28	끊어진 현	__박일환
29	꽃이 눈물이다	__강병철
30	생각을 훔치다	__김수열
31	별에 쏘이다	__안준철
32	화려한 반란	__안오일